결과를 아는 선택은 없다

결과를 아는 선택은 없다

초판 1쇄 발행 2024년 5월 20일

지은이 이동국

펴낸이 안종만·안상준

편집 총괄 장혜원

홍보 이윤재

마케팅 장규식, 김한유, 위가을

원고 정리 장혜원

사진 연합뉴스, 전북 현대 모터스, 구윤경, 안규림

제작 고철민·조영환

펴낸곳 (주)박영사

등록 1959년 3월 11일 제300-1959-1호(倫)

주소 서울시 금천구 가산디지털2로 53, 210호(가산동, 한라시그마밸리)

전화 02-733-6771   **팩스** 02-736-4818

이메일 inbook@pybook.co.kr

인북 블로그 blog.naver.com/inbook_py

홈페이지 www.pybook.co.kr

ISBN 979-11-303-2028-1 03810

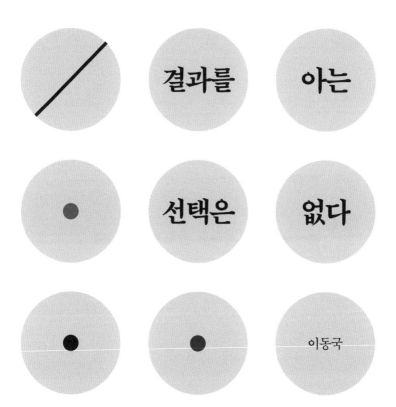

결과를 아는

선택은 없다

이동국

인북

프롤로그

은퇴를 하고 3년, 치열했던 승부의 세계에서 한발 물러서 지내고 있었습니다. 누구보다 오래 선수로 뛰었지만, 한 사람의 인생으로 보자면 만 41세의 은퇴는 너무 이르다고 생각했습니다.

그러면서도 승부의 세계를 떠났으니 이제는 경쟁 없는 삶을 살아보고 싶었습니다. 취미 생활도 하고 가족과도 많은 시간을 보내면서, 방송으로 유튜브로 큰 부담 없이 이것저것을 하고 지냈습니다. 그렇게 3년이 지나자 조금씩 다음 발걸음으로 옮겨야겠다는 생각을 했습니다.

출판사로부터 책을 제안받고 생각했습니다. 어떤 이야기를 해야 하나. 이미 한번 책을 냈기 때문에 같은 말을 반복하고 싶지는 않았습니다. 검색만 하면 영상이든 사진이든 모든 자료가 쏟아져 나오는 시대에, 굳이 제가 지나온 길들을 기록만 하는 책도 내키지 않았습니다. 오랜 생각 끝에 하나의 직업을 오랫동안 할 수 있었던 이야기를 담아보고자 했습니다.

만 19세에 월드컵에 나간 이후로 세상의 주목을 받았습니다. 스무살을 지나며 국내외를 정신없이 뛰어다녔습니다. 그 시절의 에너지는 하루하루 닳고 있던 몸을 바라보기보다, 뜨거운 오늘과 꿈꾸는 내일만 생각하게 했습니다.

그리고 아직 20대 초반이었던 2002년, 온 세상의 시선을 피해 저는 어디론가 숨어야만 했습니다. 하지만 그렇게 끝낼 수 없었기에 치열한 시간을 보냈습니다.

4년 뒤, 저는 다시 온 기회 앞에 설 수 있었습니다. 많은 사람들이 기억해 주었고, 응원해 주었습니다. 모두의 박수를 받으며 목표를 향해 순탄하게 나아가던 어느 날, 갑자기 모든 것이 사라져 버렸습니다. 몇 초나 됐을까. 4년 동안 하나의 목표만 보고 달렸는데, 아주 짧은 순간 모든 것이 허

물어져 버렸습니다. 지나온 과정이 달랐기에, 4년 전과는 완전히 다른 시간이었습니다.

　그렇게 20대를 지나오며 어떤 작은 깨달음을 경험했습니다. 어떤 상황에서도 스스로가 어떻게 생각하는가에 따라 내 하루하루가 지옥일 수도, 천국일 수도 있다는 것을요. 지금 내가 처한 상황이 더는 아무것도 할 수 없는 것처럼 보여도, 실은 그렇지 않았습니다.

　나의 생각은 내가 정할 수 있었습니다. 내 생각에 따라 어제의 나와 오늘의 나는 완전히 다른 일상을 보낼 수 있는 거였습니다. 이 경험은 저를 조금 더 단단하게 해주었습니다. 주변에 의해 흔들리기보다, 나의 내면에 더욱 집중할 수 있게 해주었습니다.

　30대를 지나며, 저는 20대보다 더 뜨거운 시간을 보냈습니다. 다시 그렇게 박수를 받을 수 있을 줄 몰랐기에 더 소중한 하루하루였습니다. 주변을 둘러보는 여유가 생기니 동료들과 지내는 일상이 풍요로웠고, 그 힘으로 우리는 함께 뛰었습니다.

세상의 시선이 바뀌었을 때, 무엇보다 크고 강한 가족의 힘을 경험했습니다. 직업이 축구 선수이지 축구가 저의 전부는 아니었습니다. 가족이 얼마나 소중한지 알게 되었고, 가족과 보내는 일상의 기쁨도 더불어 느낄 수 있었습니다.

돌아보니 인생은 선택의 연속이었습니다. 초등학교 시절 고심 끝에 남보다 조금 늦게 축구를 선택했고, 대부분 대학을 가던 시절에 프로로 직행해 고졸 프로선수가 되었습니다. 덕분에 프랑스 월드컵에 갈 수 있었고, 갑자기 스포츠 스타라고 불리게 되었습니다.

초등학생이건, 신인 선수이건, 스포츠 스타이건 누구나 매일 크고 작은 선택을 합니다. 고심 끝에 결정을 해도, 그 결과는 우리 뜻과 전혀 다른 모습일 때도 있습니다.

그런데 의도하지 않은 결과를 맞이했다고 거기가 끝인 건 아니었습니다. 다시 선택할 수 있었습니다. 당장 큰 방향으로의 전환이 아니더라도, 오늘 하루를 다르게 보내는 건 내가 할 수 있는 일이었습니다. 그러다 보면 또 다른 기회가 나를 선택하라고 눈앞에 와 있었습니다.

물론 그 결과도 어떨지는 알 수 없습니다. 그래도 여러 차례 경험해 보니, 미리 두려워할 필요는 없다는 걸 깨달았습니다. 세상은 넓고 선택할 수 있는 길은 끊임없이 있으니까요.

이런 이야기를 나누어 보고 싶어 저의 시간들을 담았습니다. 이 책이 혹시 선택 앞에 고민 중이거나, 뜻하지 않은 결과로 고심 중인 분들에게 조금이나마 도움이 될 수 있으면 좋겠습니다. 그리고 자신의 길을 오래 달리고 싶은 분들의 마음에도 닿을 수 있기를 바랍니다.

이동국

좋아하는 일을
잘하고, 오래 하고 싶다면

| 내가 잘할 수 있는 일을 찾아서
　남들이 따라올 수 없게끔 만들어 내야 한다.
| 단점을 보완해 봐야
　그게 내 장점을 극대화하지는 못한다.
| 장점으로 누구보다 뛰어난 경쟁력을 갖추자.

살아있는 이 순간, 우린 무한하다.
영화 〈월플라워〉

And in this moment, I swear, we are infinite.
〈The Perks of Being a Wallflower〉

서른여덟 국가대표 선수,
자부심과 책임감

2018년 러시아 월드컵을 한 해 앞둔 여름, 신태용 감독님에게 전화가 걸려왔다. 최종 예선 두 경기가 남아 있을 때였다. 그때까지 한국 국가대표팀은 본선 진출을 확정하지 못했다. 지역 예선 부진으로 대표팀을 이끌던 슈틸리케 감독님은 경질됐고 그 자리를 신태용 감독님이 맡은 상황이었다. 팀을 이끄는 감독이 바뀌고, 남은 두 경기 결과에 따라 본선에 올라갈지 말지가 정해지는 상황. 대표팀과 축구협회를 향한 비판이 쏟아지고 축구계는 어수선했다.

2014년 이후로 난 대표팀 경기를 뛰지 못하고 있었다. 리그에서는 전북 현대에서 뛰기 시작한 2009년부터 매년 빠짐없이 두 자릿수 득점 기록을 이어가며 최고의 컨디션을 유지하고 있었다. 슈틸리케 감독님도 수시로 내 컨디션을 확인했다. 그런데 묘하게도 대표팀 소집 시기 직전마다 크고 작은 부상이 생겨 응할 수가 없었다. 그렇게 한 해 두 해가 지나고 삼십 대 후반에 접어들자, 어느 시점인지 '이제 나에게 대표팀의 기회는 없겠다'는 생각을 했던 것으로 기억한다.

그래서 지역 최종 예선 두 경기를 앞두고 발탁된 신태용 감독님의 이름이 휴대폰 화면에 떴을 때 '무슨 일이지?' 싶었다. 감독님의 첫마디는 이랬다.

"동국아, 네가 좀 도와줘야 할 것 같아. 우리가 월드컵 가야 되는데, 지금 본선 진출해야 하는데, 쉽지가 않은 상황인 거 알지? 와서 경기를 못 뛸 수도 있고 뛸 수도 있겠지만 어쨌든 와줬으면 좋겠다."

2017년 나는 서른여덟이었다. 내일 당장 은퇴를 발표해도 "왜 갑자기?"라고 말하기 보다는 "오래 잘 뛰었네"라고 말할 나이다.

20년을 넘나든 뜻밖의 전화

국가대표팀 유니폼을 처음 입은 건 1998년이다. 프랑스 월드컵을 한 해 앞두고 당시 국가대표팀을 이끌던 차범근 감독님이 "팀에 도움이 된다면 고등학생이라도 뽑을 수 있다"는 말을 했던 적이 있다. 고등학교 3학년이던 나를 염두에 둔 말이라며 언론이 떠들썩했다. 인터뷰 요청이 쏟아지고 신문에도 기사가 크게 실렸다.

그렇지만 진짜로 월드컵에 갈 수 있을 거라는 생각은 못했다. 혹시나 하는 생각을 한 번도 안 했다면 거짓말이지만 현실적으로 가능성이 낮은 일이었다. 최종 엔트리가 정해져 있지 않고 팀의 전력을 위해 모든 것을 열어두고 고려하겠다는 뜻 정도로 받아들였다.

그런데 1998년 4월 30일 아침, 그 가능성 낮은 일이 현실이 되었다. 휴대폰에 부재중 전화가 수도 없이 찍혀 있었다. 하루 전인 29일은 내 생일이었는데 마침 다음 날 훈련이 없어 친구들과 늦게까지 파티를 하고 평소보다 늦게 일어난 날이었다. 눈을 뜨고 휴대폰을 열어보고는 얼마나 놀랐는지. 부재중 전화를 보고 훈련 날짜를 착각했던 건가 싶어 아찔했다. 덜컥 걱정이 되어 집으로 전화를 했더니 아버지가 받으셨다. 전화를 받은 아버지 역시 놀란 목소리로 말하셨다.

"너 신문 봤냐? 못 봤으면 빨리 사서 봐라. 동국이 너 국가대표 됐대!"

월드컵 최종 명단에 한국 축구 국가대표팀 사상 최연소 멤버로 내 이름이 올라 있다고 했다. 인터뷰를 하려고 내 번호를 아는 기자들이 전화를 여러 번 했으나, 그런 일이 있으리라고 상상도 못 했던 나는 자고 있어 전화를 못 받았던 것이다.

아버지와 통화 후 대충 신발을 신고 뛰어나가 조간신문을 샀다. '프랑스 월드컵 최종 명단에 이동국 합류'라는 제목이 눈에 들어왔다. 갑자기 심장이 마구 뛰었다. 고등학교를 막 졸업하고 프로팀에 입단한 첫해, 만으로 열아홉 살이었다.

그로부터 20년 가까이 흐른 서른여덟, 이번에는 감독님의 전화를 직접 받았으니 언론보다 먼저 국가대표 발탁 소식을 알 수 있었다. 끝이라 생각했는데 3년 만에 다시 국가대표 유니폼을 입게 된 것이다. 처음 같은 두근거림은 없었다. 대신 아직 내 역할이 있구나, 하는 자부심이 느껴졌다.

신태용 감독님은 통화가 끝나기 전에 솔직하게 털어놨다.

"본선에 올라간다고 해도 러시아까지 같이 간다고는 못하겠다."

내 역할은 한국 대표팀을 본선에 올리는 데까지고, 본선에 오르더라도 월드컵 최종 엔트리에는 들어가기 힘들다는 것이다.

1998년 프로 생활을 시작하고 선수로 참가하거나 지켜본 월드컵이 그때 이미 다섯 번이었다. 월드컵이라는 무대가 갖고 있는 의미를 누구보다 잘 알았다. 최종 엔트리는 바로 앞에 닥친 월드컵은 물론 4년 뒤의 월드컵도 생각해 꾸려진다.

1998년 내게 기회가 주어졌던 일도 그해에 무언가 해내기를 기대하기보다는, 선수로 월드컵 현장에 갔던 경험을 발판 삼아 4년 뒤에 더 활약해 주기를 바랐던 것이라 생각했다. 그래서 깜짝 교체되어 들어갔을 때 부담감도 두려움도 없이 그라운드 위를 달리고 주저하지 않고 볼을 찼다.

2018년 러시아 월드컵도 2022년에 뛸 선수까지 고려해야 한다는 사실을 이해하고 있었다. 내가 받았던 기회를 이제 후배 선수에게 갚아야 하는 순서라는 책임감이 묵직했다. 선발, 원톱으로 뛰며 나를 중심으로 전략을 짜던 때도 있었다. 꾸준히 관리해 컨디션도 좋았고 골 감각도 오른 상태였다. 하지만 내가 아무리 컨디션이 좋아도 주어진 역할이 달라졌다. 그 사실을 받아들여야 하는 순간임을 잘 알았다. 대표팀 감독의 합류 제안을 거절할 이유가 없었다. 손흥민, 황희찬 같은 젊은 선수들이 대표팀 명단에 올라와 있었고, 김민재 선수도 성인 대표팀 첫 발탁으로 합류했다.

90분 만이 경기 시간인 것은 아니다

오랜만에 대표팀에 소집되어 기분 좋게 훈련에 들어갔다. 그런데 막상 현장에 가보니 많은 것이 달라져 있었다. 나와 함께 대표팀을 왔다 갔다 하던, 혹은 리그에서 선수로 같이 경기를 뛰던 동료, 후배, 선배가 같은 공간에 다른 역할로 모였다.

　나보다 어린 차두리, 내가 힘들 때면 무심히 전화를 해주는 김남일 형이 코치로 그 자리에 와 있었다. 포항스틸러스에서 선수로 같이 뛰던 전경준 수석코치도 내게는 선수시절 모습이 더 익숙했다. 사실 신태용 감독님도 경기에서 선수로 만난 적이 있는 사이. 그렇게 코칭스태프 중에 많은 사람이 낯익었다.

　반면 황희찬 선수는 나와 같이 어린 시절 축구를 했던 친구의 제자다. 체육 선생님이 된 친구를 만나러 포항에 갔을 때 친구에게 "선생님, 선생님" 하던 모습이 기억나는데 대표팀에 갔더니 내게는 "형"이라고 불렀다. 그 격차를 생각하니 내가 그라운드에서 보낸 시간이 얼마나 긴 시간이었는지도 체감했다.

　함께 뛰던 사람들이 은퇴를 하고 코치, 감독이 되어 경기장 밖으로 한발 물러나 서 있는데, 나는 여전히 그라운드 안에서 친구의 제자와 같이 달리고 있었다. 코칭스태프 사이가 아닌 선수 중 한 명으로 서 있는 자리가 내게는 훨씬 뿌듯하고 영광스러웠다.

한 팀을 만들자고 생각했다. 여러 나라의 서로 다른 팀에서 훈련하고 경기하던 개성 넘치는 선수들이 대표팀에 모인다고 며칠 사이에 갑자기 하나가 될 수는 없다. 소속 팀에서 경기를 뛰느라 피로를 안고 왔지만 쏟아지는 기대만큼 대표팀에서도 역할을 해야 한다는 부담을 안은 선수, 대표팀에 뽑혔지만 베스트11에 들지 못해 경기를 뛸 수 있을지 불명확하다는 사실이 불만인 선수 등 한 팀 안에서도 각자 입장이 다르다.

요즘 우리 선수들의 실력이 좋아져 국가대표 경기에 대한 관심도 기대치도 올라가 있다. 언제부터인가 월드컵 본선 진출은 당연하고 16강, 혹은 그 이상을 기대하는 분위기다. 그런데 당시 그 자리는 당장 본선 진출도 위태로운 벼랑 끝 상황에 모인 대표팀이었다. 지켜보는 국민들의 불만도 터지기 직전이니 대표팀 내에도 긴장감이 더해질 수밖에. 쉽지 않은 상황이지만 팀 안의 분위기를 잘 만들어 가는 일이 시작이고 내 역할이라고 봤다.

현역 선수로 보내온 시간과 경험이 많았기 때문에, 그라운드에 서면 후배들의 마음이 보일 때가 있다. 같은 선수의 위치이면서 나이도 많고 경험도 많고 코칭스태프와도 어렵지 않은 관계이기에 나는 다른 선수들이 하기 힘든 이야기도 장난처럼 할 수가 있었다. 이 또한 내 나이와 경험에 맞는 역할이라고 생각했다.

긴장과 부담으로 선수가 경직되면 실력을 발휘하기 힘들다. 그럴 때 농담을 던지며 편하게 이야기를 할 수 있게 했다. 오랜만에 만나 서로 반가운 선수들이 아닌가. 같이 훈련을 할 때면 이런저런 말을 주고받는데, 열 살 넘게 나이 차이가 나는 선수도 많아서 내가 먼저 다가가 말을 걸었다.

농담도 하고 장난도 치다 보면 편하게 이야기가 나온다. 훈련을 하던 중 옆에 있던 손흥민 선수가 "아, 오늘 훈련 좀 힘드네요"라고 먼저 말을 하면, 내가 과장해서 "감독님~ 얘 힘들답니다!" 일부러 농담하듯 크게 이야기했다. 당시에도 흥민이는 대표팀에서 에이스 역할을 하는 선수였다. 그러면 선수들 상태를 다시 체크하고 맞춰서 훈련을 조정하기도 하는데 또 그때를 놓치지 않고 "자, 자, 오늘 흥민이 덕분에 약하게 하는 거야. 다 알아둬" 하고 내가 한마디를 했다. 훈련장에 웃음이 터지고, 둘러싸고 있던 무거운 분위기도 풀어졌다. 그렇게 조금씩 장난도 주고받으며 긴장을 내려놓고 소통했다.

킥오프 후 그라운드에서 뛰는 시간만 경기인 것은 아니다. 90분의 시간은 준비한 것을 집중해서 풀어내는 순간이다. 축구는 혼자 하는 운동이 아니다. 같은 멤버가 같은 포지션으로 뛰더라도 팀워크와 준비 과정, 컨디션에 따라 그날의 경기 내용이 달라질 수밖에 없다. 팀의 분위기를 만들어 그라운드에서 우리 팀이 준비한 플레이를 할 수 있도록 하는 것도 경기의 일부라고 믿어왔다. 선배보다 후배가 많아지며 그것 역시 내 역할이라고 생각했다.

물론 내게 기회가 온다면 슛을 제대로 차보자는 욕심도 있었다. 당시 스스로 느끼기에도 컨디션이 좋았다. 오랜 기간 경기 운영 경험을 쌓아오면서, 체력을 어떻게 나눠 써야 필요할 때 결정적인 역할을 할 수 있는지 깨닫게 되었다. 그러다 보니 오히려 최상의 컨디션으로 경기를 뛰던 때였다. 하지만 아쉽게도 긴 시간을 뛸 수는 없었다.

두 경기 중 첫 경기였던 이란전에서 종료 2분을 남겨두고 경기에 투입됐다. 짧은 시간이었지만 내 축구 인생에서 잊을 수 없는 감동의 순간이다.

후반전도 얼마 남지 않은 시간, 준비하라는 이야기를 듣고 몸을 풀고 있었다. 언제든 들어가서 내 몫을 하자 마음먹고 기다렸다. 감독님은 경기 상황을 지켜보고 있었고, 교체 시간은 계속 뒤로 밀렸다. 그러다 2분 남짓 남기고 그라운드에 들어섰다.

나는 단 1초도 아까운 생각이 들어 있는 힘껏 뛰어 들어갔다. 그런데 그 순간 팬들의 함성이 쏟아졌다. 속도를 올려 뛰면서도 '이건 뭐지?' 싶은 감동이 울컥 밀려왔다. 경기는 단 2분 남았는데, 관중석에서는 20년 선수 생활 중에서도 경험하지 못했던, 터질 듯한 함성과 박수를 보내주었다.

'아, 내가 대표팀 유니폼을 입고 뛰는 모습을 기다리는 사람들이 있었구나. 기대가 있었구나.'

나를 기다려 준 팬들을 향한 고마움, 우여곡절이 있었지만 여기까지 왔다는 자부심 그리고 기대에 보답해야 한다는 책임감 같은 여러 감정이 짧은 순간 스치고 지나갔다.

선수들 중에는 짧은 시간을 남기고 교체로 들어가기를 꺼려하는 경우도 있다. 간혹 안 들어가겠다고 할 때도 있고,

들어가서도 설렁설렁 뛰다 나오는 일도 있다. 사실 2분 남기고 들어가서 공을 몇 분이나 가지고 있을 수 있겠는가.

그러나 오랫동안 선수 생활을 하고 나니 그 2분에 쏟는 열정과 땀은 2분 이상의 가치가 있다는 걸 알 것 같았다. 말이 아닌 땀으로 보여주는 진심은 함께 뛰는 선수들에게도, 그리고 지켜보는 관중들에게도 전해진다. 결국 그 흐름은 다음 경기까지 이어진다.

경기장을 울리는 함성도 그런 의미로 다가왔다. '할 수 있는 한 내게 주어진 시간 동안 열심히 뛰는 모습, 성실한 모습을 보여주자.' 그 마음이 그 짧은 순간을 잊지 못하게 만들었다. 2분 동안이라도 나는 그라운드 위 스물두 명의 선수 중 나이가 가장 많은 선수가 아니라, 가장 에너지가 넘치는 선수가 되고 싶었다.

잘하는 일을 더 잘하도록,
선택과 집중

오랫동안 축구 선수로 뛰며 중요했던 건, 내가 뭘 잘하는지를 찾는 일이었다. 새로운 경험을 하며 실력이 느는 시기가 있고, 그동안 쌓은 실력을 더 날카롭게 다듬어 깊어져야 하는 시기가 있다. 고등학교를 졸업하고, 프로의 세계에 나오고, A매치를 뛰면서 경험하는 것은 전부 새로웠다. 배울 것 투성이였기에 열심히 흡수하려 했다.

그러나 경험이 쌓인 뒤에는 상황이 달라진다. 새로운 것을 배우고 단점을 보완하는 건 언제나 필요하다. 하지만 선수도 사람이기에 계속해서 모든 분야를 잘할 수는 없다. 이 사실을 깨닫고 내가 잘하는 기술을 다른 사람은 아예 못 쫓아올 수준까지 만들어 보자고 다짐한 것은 파란만장한 20대를 보낸 뒤였다.

2009년, 서른한 살에 전북 현대 모터스로 이적을 했다. 잉글랜드 미들즈브러 소속으로 1년 반을 있다가 다시 한국으로 돌아와 성남 일화에서 뛴 지 몇 달 되지 않았을 때였다.

프리미어리그 시즌이 5월에 끝나 구단을 정하고 K리그로 돌아왔을 때는 한창 시즌 중간이었다. 영국에서 경기를 많이 뛰지 못해 몸의 균형이 무너진 상태였고, 시즌 중간에 들어갔기에 훈련을 할 시간이나 공간이 마땅치 않은 상황이었다. 성남 일화에서 3개월 정도를 뛰었지만 좋은 모습을 보여주지는 못했다.

그렇게 시즌을 마무리하고, 겨울이 되었다. '개인 훈련을 하며 체력도 올리고 몸도 만들며 밸런스를 맞춰야지' 마음을 먹고 있었는데, 12월 말 가족과 휴가를 보내던 중 감독님으로부터 전화를 받았다. 성남 일화에 새로 부임한 신태용 감독님이었다. 구단에서 팀 개편을 원하는데 노장과 연봉이 많은 선수를 교체하고 싶어 한다는 것이었다.

감독 뜻은 아니고 구단의 의지였기에, 난감한 목소리였다. 당시 계약 기간이 남아 있어 "나 안 나가겠습니다" 하고 벤치에 앉아있든 어쩌든 버티려면 버틸 수 있었다. 하지만 자존심이 허락하지 않았다. 속으로 생각했다. '오케이, 알았어. 나는 분명히 다시 일어선다. 더 위에서 여유 있게 웃을 거다.'

잘하는 게 뭘까. 나를 분석하다

그렇게 전북 현대로 이적했다. 그리고 그 결심을 지키기 위해 고심했다. 내가 한 일은 내가 잘하는 게 무엇인지 고민하고 파고드는 것이었다.

학교에 다닐 때는 스피드가 장기였지만, 프로에서는 나보다 더 빠른 친구들이 많았다. 경기 내내 주구장창 뛰면서도 스피드가 떨어지지 않는 선수들이 많았다. 스피드로 경쟁하려면 이기기 힘든 현실을 봤다.

그러나 골 넣는 기술을 따지면 경쟁 상대가 몇 명 되지 않았다. 이 부분이라고 생각했다. '골대 앞에서 골 넣는 기술은 아무도 못 쫓아오게 만들자. 여기에 집중하자.' 고민은 골대 앞에서 골을 가장 쉽게 넣을 수 있는 방법을 찾는 것으로 바뀌었다.

그렇게 목표는 세웠지만, 자세한 방법은 여전히 알기 어려웠다. 답을 찾기 위해 우리 팀 골키퍼를 붙들고 늘어졌다.

"저기, 골키퍼 하면서 어떻게 하면 너희가 막기 힘드냐?"

"어떤 경로로 들어왔을 때, 어느 각도로 차면 힘들어?"

"이따 훈련 끝나고 저녁에 형이 밥 살 테니까 이야기 좀 하자."

마주치면 질문을 하고 안 보이면 찾아가서 붙잡고 물었다. 골키퍼들도 내가 파고드는 질문을 마다하지 않고 설명을 해주었다. 고마웠다. 같은 편이기에 내가 자기에게 골을 넣는 게 아니었고, 또 축구를 오래 한 선배가 옆에 와서 물어보니 재미있어하는 것 같았다.

"공 왔을 때 한 번 잡고 차는 게 쉬워? 논스톱이 쉬워?"

"논스톱이 너무 어렵죠, 형. 논스톱은 어디로 갈지 모르고 순간 반응하기 힘들어요."

"골키퍼랑 1 대 1 찬스 때 어디로 슈팅했을 때 힘들어?"

처음에는 질문에만 하나씩 답을 해주다가 어느 순간부터는 자기도 모르게 먼저 알려주고 싶은 걸 찾아서 이야기를 쏟아내기도 했다.

그렇게 꾸준히 훈련을 하며 공을 차보니, 점점 생각대로 이루어졌다. 하루하루가 너무 재미있었고 연습을 더 하고 싶은 마음이 들었다. 하지만 포기해야 하는 부분도 알게 됐다. 호흡이 올라가면 집중력이 떨어질 수밖에 없다는 것. 뛰는 양을 약간 줄이면서 나는 문전에서 좀 더 집중력 있게 해결을 하는 역할로 가야겠다고 생각했다.

　　좌우에서 뛰는 빠른 선수들이 너무 많았다. '빠르고 크로스 좋은 선수들은 충분하니 나는 골대 가까운 안쪽에서 움직이자. 대신, 이 안에서만큼은 누구도 따라오지 못하게 만들자.' 그렇게 다짐하고 집중해서 훈련했다.

내가 잘할 수 있는 일을 찾아서,
남들이 따라올 수 없게끔 만들어 내야 한다.
서른이 넘은 나이에 단점을 보완해 봐야
그게 내 장점을 극대화하지는 못한다.
장점으로 누구보다 뛰어난 경쟁력을 갖추자.

　　어떤 일이든 혼자서 하는 일은 없다. 그렇다면 자기 분야에서 한 가지라도 특출하게 잘하는, 특징이 있는 사람이 필요하다. 모든 분야를 그만그만하게 잘하는 사람이 시간이 지날수록, 나이가 들수록 굳이 필요할까?

적당하게 이것저것 잘하는 선수 11명이 뛰는 팀과 각자의 자리에서 잘하는 선수들이 잘 어우러진 팀 중 누가 더 좋은 성적을 낼 수 있을까? 나는 후자라고 생각했다. 그러려면 자기 자리에서 해야 하는 역할을 확실하게 하려는 마음가짐이 필요하다. 내게 부족한 부분은 함께 뛰는 동료가 채우면 된다. 11명이 함께 뛰는 이유다. 나는 골을 잘 넣을 수 있으니 그것만큼은 확실히 파서 팀에 기여하자고 마음먹었다.

결정적 순간을 위해,
준비한 체력

부상은 꼭 몸이 좋을 때 찾아왔다. 몸이 좋으면 한 발 더 뛰게 된다. 내가 평소에 했던 것보다 더 할 수 있을 것 같은 생각이 들고 과하게 운동을 하게 되니 결정적인 순간에 넘치는 힘으로 인해 다치고 만다. 그렇게 한 번 부상이 오면 오랜 시간 만들었던 몸의 균형, 감각이 한순간에 무너진다.

2011년은 소속 팀에게도 나에게도 최고의 해였지만 또 가장 아쉬운 해이기도 하다. 전북 현대는 K리그 우승을 했고 개인적으로는 K리그에서 16골 15도움을 기록하며 통산 100득점을 달성했다. 한마디로 컨디션이 최상의 상태였던 시즌이었다. 선수 생활을 통틀어 생각해도 가장 몸이 좋았던 때가 아닌가 싶다.

그러면서 아시아 챔피언스리그에서도 조별 경기와 8강까지 총 일곱 경기에서 9골을 기록했고 팀 승리에 기여하며 4강까지 무사히 올라갔다. 4강은 사우디아라비아 알 이티하드를 상대로 한 원정 경기였다.

그런데 현지에서 경기 전 연습을 할 때부터 종아리 느낌이 약간 이상했다. 선발 출전이었기에 그라운드에서 몸을 풀면서 슈팅을 하는데, 작게 툭 소리가 났다. 하지만 4강이고 중요한 경기라 교체는 안 되겠다 싶었다. 일단 테이핑을 하고 뛰어보겠다고 했다. 발부터 발목, 종아리를 탄탄하게 테이프로 감아 종아리가 스트레칭되지 않도록 만들어 경기에 들어갔다. 그렇게 한 20~30분 정도 뛰었을까, 발을 디디고 나가는 순간 다시 툭 소리가 났다. 이번 소리는 달랐다.

혹시 들어봤는지 모르겠다. 자기 몸에서 근육이 툭 끊어지는 소리. 선수 생활을 하면서 여러 번 들었으나 익숙해지지 않는 끔찍한 소리다. 생각보다 선명하게 들린다. 가까우니까 그런 걸까? 아니면 내 귀에만 그런 걸까? 듣는 순간 이건 잘못됐구나 싶은 생각에 등이 서늘해진다. 경기장을 울리던 함성 소리가 사라지며 고요해지는 기분이었다.

어쩔 수 없이 교체해 그라운드 밖으로 나와야 했다. MRI를 찍어보니 종아리 근육 3센티미터가 찢어져 있었다. 팀은 다행히 결승에 올라갔으나 내가 결승전을 뛸 수 있을지 여부는 불투명했다.

결승은 전북 현대의 홈구장인 전주월드컵경기장에서 열렸다. K리그 우승을 하고 홈에서 맞은 아시아 챔피언스리그 결승. 관중석을 우리 구단 팬으로만 그렇게 꽉 채운 것은 처음이었다.

4만 석이 넘는 자리에 전북 현대 유니폼을 입은 팬들이 가득 채우고 우리를 응원했다. 전주 구장 최다 관중 기록. 흥분과 기대감이 고스란히 전해졌다.

국가대표 경기에서 홈경기를 할 때 우리나라 응원단이 관중석을 채우고 응원하는 모습은 봐왔지만, 한 클럽의 팬들이 그렇게 경기장을 가득 채우는 일은 흔치 않다. 10년의 시간이 흐른 지금도 생생할 정도로 벅차오르는 광경이었다.

그런 순간 하필 나는 부상으로 선발 출전하지 못하고 벤치에 앉아 경기를 지켜보아야 했다. 상대인 알 사드는 냉정하게 말해 결승에 오를 실력이 되지 못했다. 4강에서 수원 삼성과 맞붙었는데, 경기 중 큰 싸움을 벌이며 난장판이 되기도 했다. 경기의 질도 좋지 못했다. 결승에서도 골 점유율이 8 대 2일 정도로 실력 차가 컸다. 알 사드는 수비만 하다가 어떻게든 비겨서 승부차기로 가려는 전략이었다.

시간이 얼마 남지 않은 후반 2 대 1 상황에서 승부를 봐야 했던 최강희 감독님은 내게 뛸 수 있겠냐고 물었다. "위치 잡고 공 연결해 주고, 한 번씩 차고 하는 건 할 수 있을 것 같아요"라고 했더니 "많이 움직이지 말고 중앙에서 연결만 해줘라"는 말과 함께 나를 교체 투입했다. 나 역시 뭐라도 해보겠다는 마음으로 들어갔다. 하지만 안타깝게도 종아리가 회복되지 않은 상태에서 할 수 있는 게 생각처럼 많지 않았다.

경기는 결국 승부차기에서 밀려 아쉽게 지고 말았다. 홈구장, 4만여 명의 팬들이 응원하고 지켜보는 앞에서 코앞까지 와 있던 우승컵을 놓쳤다. 준우승이었지만 나는 그해 아시아 챔피언스리그 득점왕에 올랐고 MVP로 선정되었다. 보통 MVP는 우승팀에서 뽑는데 그만큼 상대팀의 실

력이 못 미쳤다는 뜻이다. 이날의 경기는 내 축구 인생에서
손에 꼽을 정도로 아쉬운 순간이다. 시간을 다시 돌릴 수
있다면 그해 부상을 입기 직전으로 가고 싶다.

다음 시즌을 준비하며 나는 연습량을 줄였다

사람은 무슨 일을 하든 계속 피치를 올리면 탈이 난다.
그동안 나는 경기를 하고 연습 때 강도를 올리고, 경기를
또 뛰고 연습 때 또 피치를 올리고 하는 패턴을 반복했다.
그게 내가 할 수 있는 최선의 노력이라 생각했다. 그러나
사람 몸은 기계가 아니니 그걸 계속 버틸 수 없다. 기계도
계속 강도 높게 돌리면 탈이 나는데, 사람은 어떨까. 그렇게
난 종아리 부상을 처음 겪고서야 결정적인 순간마다 부상
이 왔던 이유를 깨달았다.

부상에서 회복하며 연습량을 줄이기 시작했다. 그렇다
고 근력이 떨어지면 안 되니 웨이트 트레이닝 비중을 높이
기로 마음먹었다. 경기 외의 연습과 훈련에서 뛰는 양은 줄

이고, 경기에 초점을 맞추기로 한 것이다. 경기 때 모든 에너지를 쏟아붓고 그 후에 피치를 떨어뜨려 천천히 밸런스를 맞춘 후, 경기 때에 맞추어 다시 올리자고 생각을 바꿨다. 나이가 있으니 어쩔 수 없는 면도 있지만, 몸 상태가 좋은 10대나 20대 시절에는 깨닫기도 와닿기도 어려운 부분이다.

감독님과도 이야기가 되어 팀 훈련에도 조절이 가능했다.

"동국아, 오늘 그냥 나오지 말고 쉬어."

이렇게 먼저 말을 해주기도 했는데 그런 날은 주로 체력 운동을 하는 날이었다. 밖에서 다른 선수들이 엄청나게 뛰고 있을 때 나는 안에서 웨이트 트레이닝을 하며 조절했다. 그런 배려와 조절 덕분에 늦게까지, 오랫동안 선수로 뛸 수 있었다.

운동선수는 30대 중반을 넘어가면서부터는 분명 어떤 부분에서 한계가 있다. 그렇기 때문에 컨디션 조절과 밸런스에 유의하며, 그동안 쌓아온 기술과 경험을 그라운드에서 필요할 때 적절하게 활용해야 한다. 잘하고 싶다는 마음으로 무턱대고 질주하면 금방 지친다.

목표가 있으면 그에 맞춰 조절해야 하는 것도 중요한 과정이다. 오늘 약간 줄이면 오히려 내일 좀 더 많이 할 수 있다. 그런 사실을 깨닫고, 나는 30대 중반부터 몸이 약간 근질근질한 정도로 맞춰가며 운동을 했다. '오늘 하얗게 불태웠어.' 이 수준이 되면 다음 날은 계획대로, 마음대로 움직일 수 없었다.

이때부터인지 정확히는 모르겠지만 운동을 할 때면 나는 약 80퍼센트까지 하고 멈춘다. 경기 중이 아니라면 100퍼센트를 하지 않고, 다음 날 할 것을 남겨두는 것이다. 우리에게는 내일도 있으니까. 그래야 다음 날 일어났을 때 계획한 일을 마음껏 할 수 있는 에너지가 채워진다.

목표만 보고 매일 100%를 쏟아내며 달리기보다는, 잠시 쉬었다 회복하는 일도 훈련이라는 사실을 배웠다. 매일매일을 100% 쏟다 보면, 오히려 중요한 목표 앞에서 몸도 마음도 에너지가 부족해지는 경우를 자주 봤다. 꼭 운동선수가 아니더라도 마찬가지다. 결국 목표 앞에서 최선을 다할 수 있게 준비하는 과정이 진짜 최선의 과정은 아닐까 싶다.

함께하는 사람 챙기기

내가 연습 시간을 줄이고, 골 넣는 훈련에 더 투자하고, 그날 경기가 잘 풀리지 않아도 그럴 수 있다, 라고 마음먹는 게 가능했던 이유는 함께 뛰는 동료들에 대한 믿음이 뒷받침되어서였다. 전북 현대에는 그만큼 좋은 선수들이 많았다.

마흔 살이 가까워지기 시작한 2018년부터는 경기를 뛰는 시간이 줄어들었다. 조절하고 관리하면 풀타임을 충분히 뛸 수 있었지만, 다른 좋은 선수들이 많았기 때문에 교체로 들어가도 팀의 분위기에 문제가 없었다.

하지만 나는 여전히 골을 넣는 역할에 최선의 결과를 내고 싶었다. 20분, 30분을 뛰면서도 90분처럼 활용해 보자고 생각했다. 감독님도 경기 60분쯤이 지나서 필요한 순간,

내가 들어가 해결해 주기를 주문했다. 만약 경기 흐름이 안 좋을 경우에는 전반에 일찍 투입되기도 했지만, 보통은 전반을 지켜보다가 후반에 들어가는 일이 많았다. 그렇게 들어가면서도 시즌 두 자릿수 이상의 골을 유지했다.

당시 우리 팀에는 김신욱 선수 등 누가 나가든 골을 넣을 수 있는 스트라이커들이 여럿 있었다. 그렇기에 감독님도 역할에 맞는 배분을 했다. 나보다 훨씬 젊은 선수들이었고 풀타임을 뛰고 싶어 하는 때였다. 축구 선수라면 주전으로 전반부터 나가고 싶은 것이 솔직한 마음이다.

그런데 내 우선순위는 달랐다. 필요한 만큼 뛰고, 필요한 순간 골을 넣고, 승리에 도움을 주는 것을 목표로 잡았다. 내가 전반에 나가 90분을 다 뛰면, 후배 선수들에게 약간은 피해를 주는 느낌도 들었다. 각자 잘하는 일을 하면 되는 게 팀이고, 감독님은 그걸 잘 조율하는 역할을 해주었다.

전북 현대는 다른 팀들과는 상황이 달라, 팀에 들어온 지 얼마 안 된 선수들이 감독님의 교체 타이밍을 이해하기 어려워하기도 했다. 그런 상황이 지속되면 팀에 적응하기는 어려워진다. 필요하니까 데리고 온 선수이니 팀 분위기에 적응할 수 있도록 돕고 흡수시켜야 했다. 잘한다고 해서 스카우트한 선수는 어떻게든 자리를 잡아야 팀에 도움이 되는 것이다.

그 선수가 잘한다고 나에게 해가 되지 않는다. 승리를 쌓아야 하는 한 팀이니 우리는 경쟁이 아닌 협력 관계인 것이다. 실력이 있는 선수인데 막상 와서는 경기에 나가지 못하거나 교체가 되면 불만을 가질 때도 있었다. 그럴 때는 조용히 가서 말을 걸었다.

"전북이라는 팀은 그런 팀이 아니야. 여기 전부 다 봐봐. 쟤 사실 벤치에 앉아 있을 애가 아니잖아. 그런데 못 뛰었다고 인상 쓰나? 안 쓰잖아."

한 번 이야기한다고 바로 마음가짐이 달라지진 않는다. 그냥 계속 챙기는 수밖에 없다.

"형 봐봐. 형 골 많이 넣었지? 그래도 형 오늘 경기 안 나가잖아. 형 인상 쓰는 거 봤어? 너를 감독님이 데려왔을 때는 분명히 너의 쓰임새를 다 생각하고, 능력을 알고 데리고 왔기 때문에 한두 경기 못 뛴다고 막 크게 생각할 필요 없어."

같은 말을 하더라도 코칭스태프가 할 때와 함께 뛰는 선수가 할 때는 받아들이는 것이 다르다. 벤치에 어깨를 나란히 하고 앉은 우리는 결국 같은 불안과 같은 기대를 품고 있으니까.

한 해 한 해 미뤄진 은퇴

2017년도 말에 계약을 하고 새 시즌 시작 전, 함께 뛰는 선수들에게 이런 말을 했다.

"형 이제 마지막 해다. 우리 올해 진짜 잘해 보자."

그때 내 나이 서른아홉이었다. 그러고는 딱 1년을 연장하는 계약서를 썼다. 정말 마지막 시즌이라는 마음이었다. 동료들도 그 사실을 알고 서로 목소리를 높였다.

"자자! 동국이 형 마무리를 우리가 정말 화려하게 만들어 드리자!"

"우승컵 딱 들고 시즌 멋지게 끝내자."

그리고 우리는 정말 그 다짐을 지켜 2018년 K리그 우승컵을 들며 마무리했다. 나 역시 앞선 해보다 골을 더 넣으며 두 자릿수 득점 기록을 이어갔다.

그러나 사실 출발은 좋지 않았다. 마지막 해라 생각하니 마음이 남달랐다. 모든 걸 쏟아붓자는 각오였다. 동계훈련에 들어가기 전, 휴가 때 몸만들기에 유독 피치를 올렸다.

시즌이 끝나고 12월, 가족들과 한 달 정도를 태국에서 지냈다. 당시 이틀에 한 번씩 새벽 조깅과 운동을 하고, 낮에는 애들하고 놀아 주고 또 새벽에 운동하는 패턴을 반복했다. 설아, 수아, 시안이 모두 활동량이 폭발하는 나이였다. 시즌 중에는 아이들과 보낼 수 있는 시간이 아무래도 많지 않으니 그 시간도 포기할 수 없었다. 그러면서도 마지막 시즌을 초라하게 보내고 싶지는 않아 운동도 미룰 수 없었다. 그러나 그건 욕심이었다.

어느 날 조깅을 하는데 종아리에 불편한 느낌이 살짝 왔다. 그때쯤이면 감이 왔다. 참고 나아지기를 기다릴지 바로 검사를 해야 할지. 이번은 후자였다. 검사를 해보니 종아리가 미세하게 찢어졌다고 했다. 그날로 운동을 멈췄다.

이후 일본 전지훈련을 가서 한 달을 거의 통으로 다 쉬었다. 쉬어야 한다는 사실을 머리로는 이해하면서도, 마음으로는 '처음부터 꼬이네' 싶어 답답했다. 감독님도 덤덤하게

"너무 무리할 필요 없어. 2월이 첫 경기니까 아직 시간도 있잖아. 그때까지 회복하면 되니까 스트레스 받지 말고 쉬자"고 말씀하셨다.

하지만 나이가 있으니 회복은 더디고, 마지막 해에 대해 머릿속에 그려둔 그림은 있는데 개인 훈련은커녕, 다른 선수들 운동 나갈 때도 쉬어야 하니 신경이 쓰이지 않을 수가 없었다. 브라질에서 온 트레이너 지우반과 짐에서 재활 운동을 하며 아침저녁으로 "시즌 시작까지 회복할 수 있을까?" 하는 이야기만 반복했다. 잘하려고 휴가 때 혼자 운동하다가 다쳐버렸으니 감독님과 다른 선수들에게 미안한 마음도 컸다.

그렇게 2월 초까지 훈련은 쉬고 무리하지 않는 선에서 몸을 만들며 첫 경기를 맞았다. 아시아 챔피언스리그 첫 경기는 J리그팀인 가시와 레이솔과의 홈경기였다. 2018년 2월 13일 1차전을 치르면서 우리는 2 대 0으로 지고 있었다. 팀에는 골이, 스트라이커가 필요했다. 나는 벤치에서 조금씩 몸을 풀고 있었다. 후반에 접어들어서도 경기가 잘 풀리지 않자, 감독님이 지우반 트레이너와 이야기를 나누었다. 그리고 나에게 뛸 수 있겠냐고 물었다. 나는 뛸 수 있다고 답했다.

한 달을 꼬박 쉬고 들어간 경기였다. 전반을 지켜보며 이 경기에서 내가 해야 할 역할이 보였다. 후반에 들어가자마자 코너킥 상황에서 나는 바로 헤딩으로 골을 넣었다. 그렇게 2 대 1을 만들고 얼마 뒤 우리 팀의 김진수 선수가 또 한 골을 넣어서 2 대 2까지 따라갔다.

그라운드에서 오랜만에 뛰고 있었지만, 힘이 들지 않았다. 그리고 종료를 몇 분 앞둔 후반 41분, 나는 역전골을 넣었다. 발끝을 떠난 공이 휘어서 골대 안으로 들어가는데, 솔직히 지금 다시 차라고 해도 흉내 내기 힘든 그림 같은 골이었다.

결국 우리 팀이 3 대 2로 역전승을 거뒀다. 경기가 끝난 뒤 한 달 동안 나와 붙어서 재활을 도왔던 트레이너와 끌어안고 웃으며 축하를 했다. 그 뒤 K리그 개막전에서도 골을 넣었다. 한 달을 쉬고 바로 경기에 들어갈 때는 스스로도 '이게 될까?' 싶은 마음이 있었다. 그러나 막상 해보니 되는 일이었다. 쉬고 회복하는 시간을 어떻게 보내는지가 중요

하다는 사실을 크게 느낀 계기였다.

경기에 맞춰 무리하지 않고 컨디션을 조절해야 된다고 생각했지만, 잠시 방심하면 같은 실수는 반복해서 일어난다. 마지막 해라는 사실이 시야를 가린 셈이었다. 무리하지 말아야 하는데, 무리라는 생각도 못하고 무리를 한 것이다. 눈을 뜬 순간부터 계속 쏟으려고 하면 안 된다. 정말 쏟아내야 할 때와 최선을 다해야 될 때 그리고 회복할 때와 준비할 때, 이런 부분을 조금 더 세분화하기 시작했다.

할 수 있을 때 누군가는 좋은 선례를 만들어야 한다

그 뒤 구단과는 1년씩 계약을 반복했다. 나는 은퇴를 생각하고 있었다. 그러나 교체로 들어가 짧은 시간을 뛰면서도 골을 넣었고, 팬들은 출전을 기다리며 응원해 주고 있었다. 팀 우승에 기여하는 성과가 나니 구단에서 먼저 계약을 하자고 제안을 했다.

사실 구단은 매번 2년 계약을 원했다. 대신 나이가 있어

위험 부담이 있으니 연봉을 절반 정도 수준으로 삭감하자고 요구했다. 내 대답은 하나였다.

"삭감이요? 그럼 은퇴하겠습니다."

보통 선수들은 계약 시즌에 구단과 계약 조건이 맞지 않으면 '좋은 오퍼가 있다'거나 '다른 팀으로 가겠다'고 말하며 조건을 조율한다. 그러나 나는 그 당시 이적을 할 생각이 없었다. 은퇴까지 전북 현대에서 어떻게 선수 생활을 잘 마무리할까 하는 생각이었다.

그렇다고 기록도 경기력도 떨어지지 않는데 연봉을 깎는 것도 받아들이기 힘들었다. 흔히 나이가 많다는 이유만으로 연봉을 깎는다. 그런데 팀 기여도가 높아도 나이가 많으면 무조건 좋지 않은 조건을 받아들여야 할까? 경기를 제대로 뛸 수 없는 컨디션이라면, 직전 해에 성과를 내지 못했다는 이유라면 나는 받아들였을 것이다. 그러나 그렇지 않았다.

2년 뒤의 경기력이 불안하다면 1년만 계약하면 된다. 그게 서로 부담을 줄이는 방법이지 2년을 계약하며 연봉을 줄이는 것은 수긍이 어려웠다. 나마저 그렇게 순순히 받아들인다면 후배들은 나이를 이유로 연봉을 깎는 요구에 더 의견을 내기 힘들 것이다.

　그렇게 한 해 한 해 1년 단위의 계약을 이어갔다. 대신 구단 입장을 생각해서 소폭 삭감한 금액으로 협의했다. 시즌을 시작할 때마다 은퇴를 생각했는데 시즌이 끝날 때에도 컨디션이 떨어지지 않았다. 구단에서는 더 남아 있기를 바랐다. 그렇게 의도치 않은 거짓말을 몇 년 반복했다.
　"형 이번이 진짜 진짜 마지막 해야."

2

우연히 발견된 재능,
예상치 못한 기회

| 스스로 한계를 정해둘 필요는 없다.

  일단 해 봐야 알 수 있다.

| 내가 어림잡아 생각하는 나의 한계가

  진짜 한계는 아닐 것이다.

| 도전이 꼭 성공하지 않아도 괜찮다.

| 그 과정에서 배우는 것은 분명하게 있고,

  나는 그 배움의 순간들이 기회였고 행운이었다.

행운이란 준비와 기회의 만남이다.
_ 오프라 윈프리

Luck is a matter of preparation meeting opportunity.
_ Oprah Gail Winfrey

이 아이는
국가대표가 될 겁니다

부모가 되어 아이들을 키우다 보니 가끔 우리 부모님은 그 때 어떤 마음이셨을까, 하는 생각을 종종 하게 된다. 내가 축구를 시작한 건 초등학교 4학년 2학기 때였다. 지금 막내 시안이가 그 정도 나이가 됐는데, 막내라서인지 내 눈에는 마냥 어린아이처럼 보인다. 나도 부모님 눈에 그랬을까 싶 다. 시안이는 축구교실에 와서 열심히 공을 차기도 하지만 아직 딱히 꿈을 정하지는 않은 것 같다.

나는 우연히 학교 대표로 포항시 육상 대회에 나갔다가 다른 학교 감독님 눈에 띄어 축구를 시작하게 됐다. 육상부 나 운동부가 따로 있는 학교는 아니었다. 그냥 담임 선생님 들이 반에서 운동 잘하는 아이들 몇 명을 뽑아 선수로 구성

했다. 한 일주일 정도 일찍 등교해서 아침 수업 전에 연습을 했는데, 우유랑 빵도 주고 원래도 몸으로 노는 걸 잘하고 좋아했으니 재미있게 연습했다. 그렇게 가벼운 마음으로 대회에 나갔는데 100미터와 200미터 달리기 그리고 멀리뛰기까지 총 세 개 종목에서 내가 우승을 한 것이다.

당시의 내 모습을 아버지는 한 인터뷰에서 이렇게 회상하셨다.

"동부초등학교 교장 선생님 이하 전교 학생들까지 축제의 분위기였습니다. 동국이도 목에 힘이 잔뜩 들어간 날이기도 했지요!"

생각해 보면 학교에 다니기 전부터 또래보다 키가 커서 몇 살 위 형들이랑 친구처럼 놀았다. 축구공 같은 건 구경도 못 했고, 술래잡기하고, 낡은 테니스공 하나로 지붕 위에 올렸다가 꺼냈다가 하며 놀았는데 함께 노는 친구들이 형인 줄 몰랐다.

뛰고 노는 것에서 대부분 내가 더 빨랐고 잘했기 때문에 당연히 동갑인 줄 알았는데 어느 날부터 함께 놀던 친구들이 보이지 않았다. 알고 보니 전부 학교에 갔다고 했다. 당시 나는 미취학 아동이었고, 함께 놀던 친구들은 모두 몇 살이 더 많은 형들이었던 거다.

그렇게 육상 대회가 끝나자 학교가 난리가 났다. 우리 학교는 포항에서도 한쪽 끝, 바닷가 시골 마을에 있는 작은 학교였다. 원래 시 대회에서는 돌아가며 우승을 하던 학교들이 있는데 그런 학교들을 제치고 내가 다니던 포항동부초등학교가 종합 3위를 차지한 상황. 육상부를 만들어야 하는 게 아니냐는 말이 나오는 게 당연했을 것 같다.

그런데 그 대회에 포항제철동초등학교(현 포항제철초등학교) 축구부 감독님이 와 있었다. 발 빠른 학생을 찾고 있었는데 5학년은 좀 늦은 감이 있고 4학년을 눈여겨보던 중에 나를 발견하셨다. 당시 육상 대회에는 아버지도 구경을 오셨었는데 감독님이 아버지를 찾아가 그 자리에서 설득했다.

하지만 아버지는 청춘이 구만리 같은 어린아이의 장래 문제라 고민에 고민을 거듭하셨다고 한다. 밤잠을 이룰 수 없으셨는데, 매번 결정된 것 없이 감독님을 만나고 헤어지고 하기보다는 용기를 내보자, 하고 결단을 내리셨다고 한다. 무엇보다 감독님의 결정적인 한마디가 아버지의 마음에 강하게 들어왔다고 한다.

"동국이는 무조건 국가대표가 될 수 있습니다. 국가대표 시키셔야죠."

국가대표라는 말에 혹하신 아버지가 집에 와서 나를 설득했다.

"너 축구만 하면 국가대표 할 수 있고, 나중에 미스코리아랑 결혼할 수 있어!"

그때는 미스코리아가 대회도 공중파에서 방송하고 선망의 대상이었던 때다. 아버지 나름 4학년 남자애 눈높이에 맞춰 좋은 건 다 할 수 있다는 뜻으로 설득한 것이다. 감독님은 국가대표까지만 말씀하셨던 것 같은데, 그것도 나중에 보니 그 감독님은 스카우트를 하려고 만나는 모든 부모님에게 "이 아이는 국가대표가 될 수 있습니다"라고 말하고 다니셨다.

내 골목을 떠나 새로운 거리로

부모님의 끈질긴 설득에도 나는 쉽게 넘어가기 힘들었다. 그때 살던 동네는 지금 영일대해수욕장 근처 바닷가 마을이다. 학교가 끝나면 바다에 가서 조개 줍고 수영하며 놀았다. 당시 다니고 있던 동부초등학교는 집에서 천천히 놀면서 걸어가면 15분, 딴짓 안 하고 걸어가면 5분에서 10분이면 가는 거리였다. 학교에도 골목에도 친한 친구들과 형들이 있었고 눈 떠서 잠들 때까지 어울려 놀다 보면 하루하루가 바빴다. 집안 형편은 어려워 다섯 식구가 2년마다 이사 다니며 살았지만 내게는 딱히 부족한 게 없었다.

그런데 축구를 하기 위해 전학을 가면 포항 끝에서 끝으로 등교를 해야 했다. 포철동초등학교는 포스코 직원들이 모여 사는 마을 안에 있는 학교였는데, 그곳은 같은 포항이라도 분위기가 많이 달랐다. 특히 대부분이 서울말을 쓰고 있어 4학년 아이의 눈에는 꽤 다르게 보였을 거다.

지금은 아니지만, 당시에는 그 마을까지 가는 길도 구불구불하고 버스 노선도 하나밖에 없었다. 우리 집에서 포철동초등학교까지 가려면 버스를 타고 시내까지 가서, 다시 그 마을까지 가는 버스를 갈아탄 후 한참을 더 들어가야 했다. 매일 한 시간이 넘는 거리를 그렇게 다녔다. 골목골목을 다 아는 내 세계를 벗어나 무엇이 있을지 모르는 밀림으로 등 떠밀려 가는 듯 두려웠다.

하지만 마음을 굳힌 아버지는 계속 설득했다. 당시 어머니는 한약방에서 약 달이는 일을 하셨고, 아버지는 전자회사에서 물건을 파는 일을 하셨다. 살던 집은 여인숙을 살림집으로 고쳐 세를 주던 곳으로 한 대문 안에 열한 가구가 살았다. 다섯 식구였던 우리는 방 두 개에 작은 마루를 썼는데 화장실은 공동으로 사용했다.

나는 문만 열고 나가면 같이 놀 형들이 옆방에 있으니 그곳이 남부러울 것 없이 좋았다. 하지만 부모님은 자식들을 위해서라도 보다 나은 환경을 고민하셨을 거다.

"동국아, 축구로 성공하면 돈도 많이 벌 수 있고 더 좋은 집에서 살 수 있어."

아버지의 설득에 나도 더 고집을 부릴 수는 없었다. 친구들과 헤어져 멀리 등하교하는 일이 두려웠을 뿐이지 운동이 싫지는 않았다. 그렇게 마음을 굳힌 뒤 모든 일은 빠르게 진행되었다.

전학을 가기 전까지는 축구공을 차본 기억이 없었다. 그런데 축구부에 들어간 첫 날, 포지션을 정하기 위해 감독님이 공을 던져 주고 리프팅을 해보라고 시키셨다. 나는 처음

해본 리프팅에서 열한 개를 했다. 바로 스트라이커로 정해졌다.

후배를 육성하며 지도해 보니 공을 처음 차는데 그 정도하기가 쉽지 않고 감각이 있음을 지금은 안다. 그런데 당시 다른 축구부 선수들은 나보다 일찍 시작한 상황이어서, 더 잘하고 있었다. 그래서 스스로가 잘한다는 생각은 크게 하지 않았다.

다행히 축구는 재미있었다. 슈팅을 했을 때 공이 발끝에 맞고 골대 안으로 들어가 그물이 출렁이면 그 느낌이 후련하고 좋았다. 또 제일 잘하는 사람이 하는 포지션인 스트라이커에 계속 놓이니까 '내가 잘하고 있나, 아니면 더 잘해야 하나, 어떤 것부터 해야 하지?' 이런 생각이 들기 시작했다.

지금 부모가 된 입장에서는 아이가 하고 싶은 일이나 재능이 있다면 준비부터 도전까지 하나라도 더 뒷받침해 주고 지원해 주고 싶은 마음이 크다. 그러나 내가 축구를 시작하던 때엔 조건이나 상황 등이 갖춰진 게 없었다.

남들보다 늦게 축구를 시작했고, 갑자기 바뀐 환경에 먼 거리, 나와는 완전히 다른 생활을 하는 낯선 아이들과 어울

려야 했다. 처음에는 축구부 형들이나 친구들이 그렇게 반기는 분위기도 아니어서 혼자 떨어져 있다는 느낌도 들었다. 하지만, 내가 축구를 선택했고 돌아갈 길은 없다고 생각했다.

나 스스로 강해져야 한다고 생각했다. 뭐든 몸으로 하는 운동은 남들보다 빨리 익혔다. 늦게 시작해서 축구의 재미에 눈을 뜨니 훈련에 집중하고 열중했다. 축구를 잘해서 빨리 적응해야겠다는 절박함도 있었다. 그게 나를 더 움직였다. 그런데 그런 막내아들을 지켜보는 아버지의 마음은 어땠을까?

전학을 가는 날 세상이 무너진 듯 펑펑 울었던 기억이 난다. 아버지께서 낮 시간에 나를 데리러 학교 교실로 오셨다. 마침 나는 교단에 나와서 친구들에게 인사를 하고 있었는데, 얘기 도중 눈물이 나왔다. 친구들도 울고, 선생님도 울고 창밖의 아버지도 울고 계셨다. 정든 교실을 뒤로하고 아버지의 손을 잡고 교문 밖으로 나올 즈음 울음보가 터져 버렸다. 엉, 하고 학교를 뒤돌아 보고 또 돌아보면서 울기 시작했다.

그렇게 대낮에 초등학생 아들과 아버지가 길을 걸어가며 울고 있었다. 당시 아버지는 어린 철부지의 가슴에 못을 박는 게 아닌지 겁이 나기도 했다고 하셨다. 10세 아이를 포항 끝에서 끝으로, 버스를 두 번 갈아타야 등교할 수 있는 학교로 보내야 했으니 그 마음이 어떠셨을까. 그리고 집에 도착하니 그런 부자의 모습을 보고 어머니도 눈물을 흘리셨다.

그때 내가 아버지의 마음까지 헤아리지는 못했다. 이제 그 또래의 아이들을 키우는 부모의 마음으로 당시의 아버지를 조금이나마 헤아려 본다. 결국은 나의 미래를 위해 굳게 마음먹으셨던 것일 테다.

텅 빈 25인승 버스에 실린 아버지의 마음

중학생이 되어서도 여전히 포항의 끝과 끝을 매일 오갔다. 초등학교와 붙어 있던 중학교였기에 매일 왕복 네 번의 버스를 갈아타며 다녔다. 그즈음 아버지께서는 전자회사를 그만두시고 25인승 학원 버스를 운전하기 시작했다. 가계에 조금 더 도움이 되어서 그런 선택을 하신 것 같다.

그 시절 잊을 수 없는 장면이 있다. 아버지가 운전을 끝내고 집에 오시면 새벽 1시에서 2시 정도가 됐다. 그런데 내가 새벽 운동을 가는 날이면 아버지께서는 잠시 눈을 붙이시거나 거의 밤을 새우고 난 후, 나를 그 큰 버스에 태워 학교에 데려다주셨다.

늦은 시간까지 고된 일을 끝내고 와서 제대로 쉬지도 못하고 다시 운전대를 잡으신 거였다. 당시 중학생이던 나는 학원 이름이 적힌 큰 버스에 나 혼자 타고 학교까지 가는 게 조금 부끄러웠다. 말 없는 부자는 이른 새벽 아무런 말도 하지 않고 창밖만 바라보며 그렇게 새벽길을 달렸다. 지금 생각하니, 부끄러운 마음을 가졌던 내가 부끄럽기도 하고 아버지의 마음이 어떠셨을지 조금은 짐작이 간다.

하지만 아버지는 또 다른 마음이셨던 것 같다. 어린 아들이 매일 먼 거리를 다니면서 학교 수업 듣고 늦게까지 공을 찬 후 버스를 두 번 갈아타고 집에 도착하면 늦은 밤. 힘없이 털썩 집으로 들어오는 아들을 보면 괜히 운동을 시켰나, 후회도 하셨다고 한다. 좋은 환경에서 좋은 음식을 제대로 먹이지도 못하면서 힘든 운동을 시키고, 국가대표의 꿈을 키우라고 하는 아버지 자신이 무능해 보이기 시작하셨다고.

그러니 밤새우고 다시 운전대를 잡는 건 아무것도 아닌 일이었다고, 자식이 그렇게 힘들게 운동하는데 부모로서 당연히 해야 하는 것이었다고 말씀하신다. 오히려 당시에는 어린아이를 내 고집으로 인해 고생시킨다고 생각하니, 부모로서 나의 희생이 자식들에게 얼마나 보탬이 되고 있는 건가, 하는 자책도 많이 하셨다고 한다. 지금 생각해도 가슴이 먹먹해지는 시간이다.

그런데 당시 내가 힘들다는 말도 하지 않고 묵묵히 운동을 하는 모습을 보고 아버지는 이렇게 생각하셨다고 한다. '가난이 자식을 단단하게 만들었나 보다.'

부담도 겁도 없이 뛰다 보니 만난, 기회

가끔 지난 시간을 되돌아보면 전혀 기대하지 않았던 일이 일어나는 순간이 있다. 아직도 얼떨떨한 어린 시절 일 중 하나는 바로 차범근축구상을 받은 일이다. 차범근축구상은 유소년 유망주를 응원하고 격려하기 위해 한 해 동안 활약한 초등학생 선수 몇 명을 뽑아서 주는 상이다. 나는 4회 수상자였다. 그다음 해에 박지성 선수가 수상을 했고, 이후에 기성용, 황희찬, 이승우 선수 등도 상을 받으며 점점 더 인지도가 높아졌다.

그런데 나는 수도권의 학교를 다니는 것이 아니었다. 경상북도 대회나 소규모 대회에서는 우리 학교가 우승도 하고 내가 득점왕도 했기 때문에 스스로도 축구를 잘한다는 사실은 인지하고 있었지만, 전국 대회에서는 결승까지 가

지 못했다. 그런 나를 어떻게 알고 상을 주셨을까. 신기하면서도 감사한 마음이 여전하다. 축구를 시작하고 2년이 겨우 넘은 시점에 받은 상이었다.

서울에서 시상식을 하던 날, 상을 받으러 처음으로 서울에 갔다. 아버지는 큰맘 먹고 아디다스 트레이닝복을 사 오셨다.

"동국이가 차범근축구상 받으러 가는데 이 정도는 입어야 하지 않겠냐. 차범근 선수가 독일에서 뛰었으니까, 이게 독일 유니폼 같고 딱이지."

시상도 차범근 감독님이 직접 해주셨다. 차범근 감독님이 유명한 선수였다는 사실은 알았지만 얼마나 대단한 분인지는 잘 알지 못했다. 지금처럼 분데스리가 경기가 중계가 된 것도 아니었고, 은퇴를 하신 뒤에야 내가 축구를 시작해 경기 뛰는 모습을 제대로 본 적이 없었다. 그러다 보니 그분을 만난다는 설렘보다는 비행기를 타고 서울에 간다는 사실에 더 떨었던 것 같다. 서울의 겨울을 처음 본 날이었다.

부모님과 체육부장 선생님과 함께 비행기를 탔다. 태어나 처음 타는 비행기였는데, 선생님도 처음이라고 하셨다. 김포공항에 내리자 눈이 펑펑 내렸다. 포항에는 눈이 잘 오지 않아서 본 적 없는 풍경이었다. 시상식까지 여유가 있어서 구경 삼아 경복궁에 갔다. 하얀 눈이 내린 서울, 경복궁을 배경으로 우리는 기념사진을 찍었다. 그날 처음 탔던 비행기, 함박눈, 그리고 부모님과 경복궁에서 찍은 사진, 시상식에서 부상으로 받은 옷과 장난감은 내 기억에 선명하게 남아 있다.

미리 두려워할 필요 없다

1998년 첫 국가대표 선발 역시 기대하지 않았던 일이다. 앞에서도 얘기했듯이 생일 다음 날 월드컵 국가대표 합류 소식이 발표돼서 열아홉 살이 되자마자 얻은 선물 같은 기회였다. 프로에 데뷔하고 여섯 경기인가 일곱 경기를 뛰어서너 골을 넣은 상황이었다.

그때의 나는 얼마전까지만 해도 '어떤 대학을 갈까?'를 고민하던 학생이었다. 프로구단의 제안을 받고 '대학을 갈까, 프로리그로 바로 갈까?' 고민 끝에 프로를 선택했는데, 그해 국가대표가 되어 월드컵에서 뛰는 일을 상상이나 했을까. 최종 예선 경기들도 당연히 텔레비전 중계로 봤다. 그러면서 내 마음은 2002년으로 가 있었고, 2002년 월드컵에서 뛰는 모습을 혼자 그려보곤 했다.

그러다 1998년 월드컵 최종 엔트리에 뽑혀 훈련에 합류했다. 주변엔 온통 텔레비전에서 보던 선수들이었다. 중학교 때 황선홍 선수의 볼보이를 했었는데, 당시에는 꿈이자 목표처럼 반복해서 생각했었다.

'언젠가 같이 경기를 뛰는 날이 있겠지?'

같은 대표팀으로 모인 상황이라 차마 그럴 수는 없었지만, 마음 같아서는 사인이라도 받고 싶었다. 당시에는 워낙 소심한 성격이라 먼저 다가가서 인사도 하지 못하고 한쪽에 서서 쭈뼛거리고 있었다. 황선홍, 홍명보 선수에게만 겨우 가서 인사를 했다.

처음에는 텔레비전에서 보던 사람들 옆에서 훈련하는 것만으로도 신났다. 그런데 연습 경기를 하고 팀 훈련을 하다 보니 '어?' 하는 느낌을 받았다. 텔레비전으로만 봤을 때와 막상 함께 뛰었을 때 느낌이 달랐다. 분명 나와는 엄청난 차이가 있을 거로 생각했는데, 같이 운동을 해보니 범접할 수 없는 정도의 큰 차이가 나는 것 같지는 않았다. 내 실력이 그만큼 올라와 있던 상태였으나 내가 인식하지 못했던 거다.

뛰어난 사람들과 뛰어봐야
내 실력을 정확히 알 수 있다.
미리 두려워할 필요는 없다.

중학생, 고등학생 때부터 선망의 대상이었던 선수들이었다. 그때는 분명 엄청난 수준 차이가 있었다. 그러나 그들은 이미 어느 정도 자신의 최고 기량에 다다른 상태였고, 나는 빠르게 성장을 하는 중이었다. 몇 년 사이에 내가 그렇게까지 올라왔는지를 나는 모르고 있었다. 어쩌면 경험도 없는 내가 국가대표팀에 뽑혔다는 사실이 그들과 같이 뛸 수 있는 수준에 이르렀다는 뜻이었을 텐데 그때는 그런 생각을 하지 못했다.

같이 뛰는데 크게 밀리지 않으니 훈련이 더 재미있었다. 그러면서 경험 많은 선배 선수들의 장점과 디테일이 눈에 들어왔다. 움직임을 맞춰가는 과정을 옆에서 지켜보니, 시야가 넓어지는 걸 느꼈다. 선수마다의 장점을 배우고 흡수하려고 눈여겨봤다. 그 선수들의 플레이에는 내 또래에서 볼 수 없었던 완성도가 있었다. 한마디로 레벨이 달랐다.

그런데 신기하게도 뛰어난 사람들과 같이 뭔가를 하다 보면, 나도 모르게 그 사람들의 수준에 어느 정도 맞춰졌다. 그래서 처음에는 무리가 되더라도 자꾸 나보다 더 잘하는 사람들과 함께하는 시도가 필요하다. 같은 선수로서 그 안에서 나의 역할이 있기도 하겠지만, 분명한 건 가까이서 보고만 있어도 성장한다는 것이다.

그때 나는 어렸고, 사람들이 내게 딱히 기대를 하는 상황도 아니었다. 그러다 보니 부담 없이 감탄하고 훈련하며 배울 수 있었다. 훈련뿐만이 아니라 프랑스에 가서도 하나하나가 다 새롭고 놀라운 배움이었다. 그때는 지금처럼 유럽 리그 경기를 실시간으로 볼 수 없었고, 다른 나라 국가대표팀 영상도 경기를 준비하며 비디오 미팅에서 보는 게 다였다.

그 시절 누가 나에게 "해외 선수 중 롤모델이 누구예요?"라고 물으면 늘 "베르캄프요. 네덜란드 스트라이커 데니스 베르캄프. 어릴 때부터 좋아했어요" 하고 대답했는데 사실 그때까지 그 선수의 영상도 제대로 본 적이 없었다. 잡지에 나온 기사를 보고 나랑 맞는다고 생각하고, 저런 선수가 되어야겠다고 다짐했다. 근데 그 선수가 뛰는 모습을 프랑스에서 처음 봤다.

우리나라 국가대표팀의 두 번째 경기 상대는 네덜란드였다. 그 경기, 그 자리에 함께하며 많은 것이 달라졌다. 관중석은 온통 오렌지색으로 물들어 있었다. 분위기에 압도된다기 보다, 멋있었다. 감탄하며 둘러봤다. 지금은 우리의 붉은악마가 세계 어디에도 밀리지 않지만, 그때만 해도 한국에서 축구를 하며 그런 풍경은 보기 어려웠다.

'유럽은 정말 다르구나, 축구에 진심이네. 진짜 부럽다.'

잔디도 다르고 선수들의 플레이도 달랐다. 볼 키핑이나 컨트롤, 패스가 부드러웠다. 네덜란드 선수들은 두세 명이 더 뛰는 듯이 우리가 맨투맨을 붙어도 계속 비었다. 우리는 정신력으로 싸우러 간 느낌이고 상대는 세련된 축구를 하는 느낌이었다. 다르구나, 정말 다르구나 싶었다.

도전은 성공하지 않아도 가치가 있다

벤치에 앉아 '내가 저 안에 있다면 지금 저 상황에서는 어떻게 할까?'를 생각하며 머릿속에서 뛰고 있었다. 후반전 중반, 내가 롤모델이라고 말하던 베르캄프가 골을 넣어 3 대 0이 되었다. 그리고 얼마 뒤, 나는 교체되어 그라운드에 올랐다. 월드컵 무대에 처음으로 오르는데 떨리지 않았다. 긴장도 되지 않았다.

'네덜란드 팬들, 너네 나 모르잖아. 내가 누군 줄 알아? 아무도 모르는데, 실수를 하든 말든 뭐 어때. 그냥 가서 내거, 내 마음대로 하고 나오면 되지. 슈팅 기회가 나면 무조건 자신 있게 슈팅이라도 한 번 하자.'

그런 생각들뿐이었다. 잘못 맞으면 들어갈 수도 있지 않을까 싶었다. 잘 차서 들어가는 게 아니라, 어쩌다가 잘못하면 들어갈 수도 있으니 타이밍 맞으면 차자는 마음이었다.

그리고 그런 순간을 맞기까지 그리 오래 걸리지 않았다. 골대에서 제법 거리가 있었지만 가능성이 보였고 망설이지 않고 힘껏 슛을 날렸다. 네덜란드 팬들로 가득 찬 경기장에 잠시 정적이 느껴졌다가 안도의 한숨 소리가 들려왔다. 공은 골대 위를 살짝 넘어가 골이 되지 않았지만 그라운드의 상대편도, 우리나라에서 중계를 지켜보던 우리 축구 팬들도 놀라게한 중거리 슛이었다. 그리고 그 중거리 슛 이후 많은 것이 달라졌다.

귀국 길 공항, 출국 때는 설렜했던 공항이 팬들의 함성으로 가득 찼다. 출국할 때는 내가 누군지도 몰랐던 팬들이, 귀국길에서 내 이름을 불러줬다. 어리둥절했다. 축구장으로 팬들이 찾아왔고, 경기가 끝나고 돌아가는 길까지 붐볐다.

월드컵 조별리그 성적은 1무 2패, 네덜란드전 5 대 0 참패를 이유로 감독 경질까지 이뤄진 상황이었으나 우리나라에는 축구 열풍이 불었다. 프로리그에 그렇게 많은 팬들이 찾아와 축구를 즐겼던 때가 없었다. 팬층도 그때 다양해졌다. 여성 팬들, 가족 단위의 팬들이 늘었다.

나 역시 월드컵을 다녀오고 경기를 하는 데 있어서 좀 더 편안해졌다. 국내 리그에서 뛰던 선수들도 나보다 10년 안팎으로 경험이 월등하게 많은 선수들이었다. 그러나 최고 레벨의 선수들과 훈련하고 시야를 넓히고 돌아오니, 짧은 시간 안에 그 차이가 좁혀진 느낌이었다. 물론 언제나 나보다 더 뛰어난 기량을 갖고 있는 선수들을 만났지만, '도저히 안 되겠다'는 생각보다는 '이렇게 해보면 되지 않나?'라는 생각을 더 많이 하게 됐다.

스스로 한계를 정해둘 필요는 없다. 일단 해봐야 정확하게 알 수 있다. 내가 어림잡아 생각하는 나의 한계가 진짜 한계는 아닐 것이다. 도전이 꼭 성공하지 않아도 괜찮다. 도전만으로도 의미 있고 사람들을 움직이는 힘이 있다. 그 과정에서 배우는 것은 분명하게 있다. 나에게는 그 배움의 순간들이 기회였고 행운이었다.

기회를 잡으려다 놓친,
성장

"아직 더 성장할 수 있는데, 지금의 인기에 너무 도취되지 말았으면 좋겠다. 충분히 더 발전할 수 있고 계속 채찍질을 하면서 가야 되는 그런 상황이야."

지금의 내가 만약 열아홉, 스무 살의 나를 만날 수 있다면 해주고 싶은 말이다.

월드컵 출국 날과 귀국 날 그 짧은 시간 사이 달라진 환경에서 내가 서 있는 자리가 어디쯤인지 알지 못했다. 그 자리에서 해야 하는 일과 할 수 있는 일이 무엇인지도 잘 알지 못했다. 정말 어느날 갑자기 스타가 되어 있었다.

1998년부터 몇 년의 시간은 정말 급류에 휩쓸린 듯 흘러갔다. 프랑스 월드컵 이후 K리그에는 관중이 폭발적으로

늘었다. 경기를 다니면 가는 곳마다 매진이었다. 홈이든 어웨이든 관중석이 가득 찼다. 관중 수가 두 배 정도 뛰었던 것으로 알고 있다. 경기가 끝나고 라커룸에서 버스를 타러 가는 길도 팬들이 꽉 메우고 있었다. 고작 20미터 정도 거리인데 사람에 막혀서 움직이지를 못했다. 지금처럼 경호 인력이 있고 동선이 지켜지는 상황이 아니어서, 다 뒤엉키고 손을 뻗고 잡고 했다. 그러다 보면 머리도 뜯기고 스태프 이름표 목걸이도 뜯기고 가방을 메고 있으면 가방을 잡고 늘어지다가 내용물이 손에 닿으면 기념품 삼아 가지고 가던 그런 시대였다.

당시에는 국가대표팀이나 프로팀에도 스태프가 지금처럼 갖춰지지 않았다. 장비 담당 스태프가 따로 없어 어린 선수들이 훈련용 공이나 조끼, 물 같은 것도 나눠서 챙겼는데, 나는 막내라 공 담당이었다. 버스를 타야 하는데 공 무더기를 짊어지고 그 인파를 뚫고 갈 수가 없었다. 형들이 도와주기도 했지만 나중에는 락커룸에서 나와 버스를 탈 때까지 한 시간이 걸리기도 했다.

경기장 밖에서의 생활도 달라졌다. 집과 숙소로 팬레터

가 하루에 100통 200통은 기본이고 많을 때는 800통도 왔다. 삐삐라고 부르던 무선호출기를 무턱대고 보내는 사람들도 있었다. 그리로 연락을 하면 받아달라는 의미였다. 부모님이 계신 집으로도 팬들이 찾아왔는데 아버지는 먼 길을 온 팬들에게 음료수를 사 먹여 돌려보내셨다고 한다. 그때는 그러시는 줄도 몰랐다.

포항에서는 식당을 가든 택시를 타든 서비스를 주는 정도를 넘어 "이동국 선수가 와줘서 고맙다"며 돈을 안 받겠다고 하는 분들이 많았다. 처음에는 이런 변화가 신기했다. 그러다 조금 지나니 부담스럽기 시작했다. 얼마 전까지만해도 공만 차던 고등학생이었는데, 불과 몇 달 사이에 어딜 가나 알아보는 얼굴이 된 것이니 적응이 쉽지 않았다.

그런 상황에서 내가 할 수 있는 일은 경기에 집중하는 것이었다. 포항 스틸러스에 입단한 첫해에 스물네 경기를 뛰고 11골을 넣었다. K리그 신인상을 받았고 올스타전에서도 MVP에 뽑혔다. K리그는 물론 U-19, U-20 같은 연령별 국가대표 경기부터 올림픽, 아시안게임 대표까지 청소년과 성인 대표팀을 넘나들며 모두 뛰었다.

1998년 4월에 프로리그를 시작해 6월에는 프랑스 월드컵, 10월에는 태국 치앙마이에서 열린 아시아 청소년 축구선수권대회(U-19), 12월에는 방콕 아시안게임, 1999년 1월과 2월에는 호주에서 열린 던힐컵에 올림픽 대표팀으로 참가했고, 4월에는 나이지리아에서 세계 청소년 축구선수권대회(U-20), 그리고 5월과 10월, 11월에는 시드니 올림픽 예선 경기를 뛰었다. 시드니 올림픽이 열린 2000년도 호주, 미국 등으로 날아가 경기를 뛰었다. 호주 4개국 친선대회, 북중미 골드컵, 아시안컵, 한중정기전, 올림픽, LG컵 등을 대표팀 소속으로 뛰었다. 포항 스틸러스 소속으로도 K리그 경기와 클럽 챔피언십 등에 출전했다. 사실 그 시기에 뛰었던 경기는 다 기억나지도 않아 자료를 찾아보고 나열해 보았지만, 너무 많아 다 쓰기 힘들 정도다.

　대표팀에 차출되느라 2000년에는 소속 팀인 포항 스틸러스에서는 겨우 여덟 경기밖에 못 뛰었다. 뭔가 생각할 틈이 없었다. 연령별 대표팀 소속이면서 성인 대표팀까지 뛰는 선수가 없었는데, 어린 나이에 주목받기 시작하며 여러 곳에서 찾아주니 그때는 그게 고마워 뭐든 하고 싶었다. 성

인 대표팀 경기에서는 최고 수준의 선수들과 뛰다 보니 어
느새 중압감과 스트레스도 생겼지만, 매번 배울 게 많았다.
성인 대표팀에서 뛰다가 U-19, U-20 대표팀 경기에 나가
면 자신감이 붙은 상태에다 친구들과 한 팀으로 무언가를
한다는 사실 자체가 재미있어 즐겁게 했다. 그때 같이 뛰었
던 친구들과는 지금까지도 잘 지내고 있다.

1998-2000 대표팀 참가 경기 요약				
날짜		장소	대회	비고
1998년	5월	서울	국가대표-친선경기 자메이카전 출전	5/16 A매치 데뷔
	6월	마르세유	월드컵	최연소 출전
	10월	치앙마이	아시아 청소년(U19) 출전	득점왕, 팀 우승
	11월	서울	카리브해 올스타팀 초청 친선경기	
	11월	상하이	한중정기전	
	12월	태국	아시안 게임	
1999년	2월	호치민	올림픽대표-던힐컵 출전	
	3월	서울	청소년대표-청소년대표(U20) 평가전	
	4월	나이지리아	청소년대표-세계 청소년(U20) 축구대회 출전	
	5월	바레인	올림픽 대표-시드니 올림픽 아시아 예선	해트트릭 5/25 스리랑카전 5/29 인도네시아 전
	9월	서울-도쿄	올림픽 대표-한일 올림픽 대표 친선경기	

	10-11월	홈 앤 어웨이	올림픽 대표-시드니 올림픽 아시아 최종 예선	
2000년	1월	호주	올림픽 대표-호주 4개국 친선대회	
	2월	로스 앤젤레스	북중미 골드컵	2/17 코스타리카전 A매치 첫 득점
	7월	베이징	한중정기전	
	9월	시드니	시드니 올림픽 본선	
	10월	두바이	LG컵	
	10월	레바논	아시안컵	득점왕, 베스트11 10/19 인도네시아전 해트트릭

모든 게 기회로만 보일 때, 잠시 멈춰 둘러봐야 한다

대부분의 선수는 경기 욕심이 있다. 할 수 있는 한 다 뛰어 기량을 펼치고 싶고 출전 멤버에서 제외되면 불안함이 한구석에서 올라온다. 체력이 절정인 열아홉, 스물, 스물하나였으니 경기를 뛰고도 회복도 빨랐다. 나를 믿어주고 불러주는 감독이 있으면 당장 쉬지 않아도 괜찮으니 어디 가서든 뛰고 싶다는 생각을 했다.

운동선수들을 향한 사회의 분위기도 지금과는 달랐다. 지금은 올림픽이나 아시안게임에서 동메달을 딴 선수, 아니

메달을 따지 못했더라도 최선을 다한 선수들에게 박수를 쳐 주는 분위기지만, 그때는 접전 끝에 은메달을 딴 선수는 고개를 숙이고 울먹이며 "죄송하다" 사과를 하는 일이 흔했다. '졌지만 잘 싸웠다' 같은 말은 상상할 수 없었다. 감독 입장에서도 연령 기준을 충족하는데 선수가 무리한다고 엔트리에 넣지 않았다가 결과가 좋지 않으면 비난을 면하기 힘들었을 것이다.

시즌이 끝나면 12월과 1월, 겨울에는 휴식을 취해야 하지만 그 몇 년은 제대로 쉬어본 적이 없었다. 쉬어야 할 때 제대로 쉬지 못하니 피로가 누적되고 과부화가 걸려 크고 작은 부상도 꾸준히 있었다.

테이핑을 하고 경기를 뛰고 틈틈이 재활 치료도 받았지만, 완전히 회복되기 전에 다시 경기에 나가야 했다. 그 당시에는 조절이 필요하다는 사실을 몰랐다. 모든 게 기회로만 보였다.

사람들은 "물 들어올 때 노 저어라"라는 말을 흔히 한다. 기회가 왔을 때 최선을 다해야 부든 명예든 성공이든 뭐든 이룰 수 있다는 의미로 쓰인다. 기회는 그렇게 자주 오지 않는다며 놓치지 말아야 한다고 강조한다. 나는 그때 그 물살을 타고 시간만 흐르면 2002년 월드컵 무대에 당연히 서 있을 줄 알았다.

그러나 내게는 그 물살을 감당하고 조절할 힘이 없었다. 어디로 가는지, 얼마나 쉬지 않고 가야 하는지 몰랐다. 그 당시에 대해 누가 내게 물어보면 항상 이야기한다.

"내가 받을 인기나 관심 그 이상을 받았던 시기예요. 98년 프랑스 월드컵 때문에 내 능력보다 더 큰 인정을 받아서 도취되어 살았던 것 같아요."

사람들이 보는 나와 진짜 나

골은 꾸준히 넣고 있었지만, 지금 생각하면 경기 내용에는 만족할 수 없는 상태였다. 잘 풀릴 때와 그렇지 못할 때의 경기력 차이가 컸다. 그러나 막 프로의 세계로 나와 첫발을 디딘 나에게는 내 수준을 판단할 눈이 없었다. 사람들이 환호하는 모습이 진짜 내 모습이라고 생각했다.

그때는 그 나이에 어떻게 커리어를 관리해야 하는지를
몰랐다. 지금은 어린 나이부터 잘 관리하며 선수 생활을 하
는 이들이 있고 이들을 뒷받침하는 시스템도 잘 갖춰져 있
다. 선수가 무리할까 봐 걱정하며 지켜보는 팬들도 많아졌
다. 여전히 개선할 점이 있겠지만 20여 년 사이 그래도 많
은 부분이 달라졌다.

'진짜 나'와 '사람들이 보는 나' 사이에
실력 차이가 있었다.

당시는 프로리그, 국가대표면 축구 선수로서는 최선이
었고, 그 이상의 목표도 잘 보이지 않았다. 지금은 박지성,
손흥민 선수처럼 프로 의식을 갖고 스스로 관리하며 해외
리그에서 실력을 보여주는 롤모델이 있다.

그들을 목표로 삼아 어려서부터 길게 보고 운동과 생활
을 조절하는 후배들도 눈에 보인다. 내가 그런 길잡이가 되
었으면 좋았겠지만 나는 그런 생활들을 알지 못했다.

그래도 누군가에게는 '잘 나갈 때 자칫하면 저렇게 후회

한다'는 채찍질의 사례로라도 내 경험이 쓰이면 좋겠다. 그리고 나아가서 '좌절했다가도 열심히 준비하고 도전하면 또 다른 기회를 맞기도 한다'는 응원의 사례로도 쓰이면 더 좋겠다. 인생은 짧지 않아서 우리는 또 다른 곳에서 생각하지 못했던 기회를 만나기도 하니까.

인생에서 가장 힘든 2박 3일

2015년부터 아이들과 〈슈퍼맨이 돌아왔다〉 촬영을 했다. 그리고 한동안 나는 '대박이 아빠'로 불렸다. 아이들과 나가면 사람들은 나보다 아이들을 더 반겨주었다.

축구를 하면서 만났던 팬들과는 또 다르게 할머니와 할아버지, 아기 엄마나 아빠 등 남녀노소 사람들이 알아보고 좀 더 친근하게 인사를 건네 왔다. 구단에도 폭넓게 관심이 쏟아졌다. 공중파가 이래서 대단하구나, 하는 생각을 그때 했다.

제작진에게 처음 연락이 온 것은 2013년도였다. 설아와 수아가 태어나자마자 연락해 왔다. 그때 나는 방송에 나가는 일은 말이 안 된다고 생각했다. 나이도 있고 경기에 모든 것을 맞추려던 때였는데, 계속되는 촬영은 경기에 영향을 줄 수도 있을 거라 생각했다. 아내 역시 사람들 앞에 나가거나 방송에 노출되는 일을 좋아하지 않아서 거절했다.

그런데 잊을 만하면 작가에게서 연락이 왔다. 아이들은 잘 자라는지 안부를 묻고 촬영하고 있는 다른 가족들 소식도 전하며 출연을 제안했다. 우리는 그때마다 거절했다. 그러던 중에 막내 시안이가 태어났다.

아이들이 태어나도 나는 내 스케줄에 맞춰 운동하느라 바빴다. 아내도 아이 다섯을 키우느라 바빴겠지만, 사실 그게 어떤 건지 잘 몰랐다. 우리는 처음부터 쌍둥이가 태어났으니 아이 하나인 집과는 달랐다. 그러다 둘에서 넷이 되었고, 다음 해에는 넷에서 다섯이 되었다. 시안이가 태어날 때는 농담으로 "원래 애는 두 명씩 나오는 줄 알았는데, 어떻게 혼자 나오지?"라고도 말했었다. 나중에 생각하니 아내는 농담할 정신도 없었을 것 같다.

시안이가 태어난 뒤 제작진에게 만나자는 연락이 또 왔다. 세 번 정도 찾아왔던 것으로 기억을 하는데 이번에는 아내 마음이 달라져 있었다. 미팅을 앞두고 내게 슬쩍 물어왔다.

"한번 해보면 어때? 난 나쁘지 않을 것 같은데."

방송하고 경기하는 게 어떻게 가능하나, 나는 그런 생각을 여전히 하는 중이었다. 은퇴하고 방송을 하는 경우는 있었지만, 나는 선수 생활 중이었으니 경기에 집중해야 한다고만 생각했다. 그런데 아내 입장에서는 당시 내가 재시·재아와는 잘 지내면서도 설아·수아하고는 어색해 보였던 것이 마음에 걸렸던 것 같다.

재시·재아와 설아·수아는 여섯 살 차이가 난다. 첫 쌍둥이들과는 어릴 때부터 이래저래 시간을 보낼 기회가 있었고 어느 정도 자랐으니 말도 통하고 몸으로 놀 수도 있었다. 운동이 끝나고 집에 가면 큰 애들만 눈에 보였다. 누워 있는 작은 애들은 내가 뭐를 어떻게 해야 하는지 몰라 어색했다.

애들은 아내가 잘 돌보고 키우고 장모님도 오셔서 도와주시니 나는 지금처럼 지내도 괜찮다고 생각했다. 하지만 아내 눈에는 내가 아이들과 정을 못 붙이는 게 문제로 보였던 것 같다.

"이렇게 어릴 때 모습을 영상으로 남겨두면 애들한테 좋은 기록이 될 거야. 재시·재아는 내가 데리고 갈 테니까, 작은 애들하고만 한 번 하면 어때? 2박 3일이면 괜찮지 않아? 정도 많이 들고 할 것 같은데."

촬영은 싫다던 아내가 권하기 시작하자 '그럼 한번 해 볼까?'하는 생각이 들었다. 마침 K리그 올스타전을 앞두고 있던 때라 그 일정에 맞출 수 있으면 경기 부담도 없으니 괜찮을 것 같았다.

아기 셋은 내가 이길 수 있는 상대가 아니었다

아내가 재시와 재아를 데리고 가고 아기 셋과 집에 덜렁 남았다. 그때는 몰랐다. 그 2박 3일이 어떤 경기나 훈련보다 힘든 시간이 될 줄은. 시안이가 11월생이고 촬영은 7월이었으니 생후 8개월 정도였다. 설아와 수아가 한 살 위라고 해도 아직 아기였다. 아침부터 밤까지 분유 먹이고 이유식 데워서 먹이고 기저귀 갈고 하는데, 셋이니 기저귀를 한 명이 하루에 다섯 번만 갈아도 열다섯 번인데, 다섯 번만 가는 게 아니었다.

쉬해서 갈았더니 바로 똥을 싸서 또 갈아야 하고, 한 명 갈고 나니 다른 애가 또 싸고, 손에서는 하루종일 똥 냄새가 나는 것 같았다. 치우고 손 씻고 돌아서면 다른 쪽에서 배가 고프다고 울었다. 애들이 자는 시간도 다르고 중간에 깨서 분유 먹는 시간도 다 다르고 먹는 양도 달랐다. 하루가 진짜 빨리 갔다. 밤이 되어 겨우겨우 애들을 재우고 이제 잘 수 있겠구나, 자야지 하는데 누우면 애 한 명이 깨고, 분유 타서 먹이고 트림시키고 재우자마자 다른 애가 깨고… 그렇게 2박 3일이 지나갔다.

잠을 잤는지 말았는지 모르게 2박 3일이 지나자 멍했다. 촬영 뒤가 바로 올스타전이어서, 경기에 들어가야 하는 날이었다. 그해 올스타전의 기억은 풀리는 다리에 어떻게든 힘을 넣어보려던 몸부림으로 가득하다. 선수 생활을 통틀어 경기 중 다리가 그렇게 풀려본 적이 없다.

2박 3일 촬영이 끝나고 다리에 힘이 풀린 나는 아내에게 "아! 나 이건 못 하겠다"고 말했다. 그제야 아내가 애들과 어떤 시간을 보내는지 제대로 알았다. 육아라는 게 정말 해도 해도 티가 나지 않고 끝이 없는 거구나, 내가 그동안 너

무 몰랐다, 하는 사실을 그때 깨달았다. 아내에게 "미안하다"는 말이 저절로 나왔다. 그리고 앞으로 육아에 동참하겠다는 약속을 했다.

방송도 반응이 좋았다. 그렇게 힘들어하는데 재미가 없을 리가 있나. 그런데 신기하게도 2박 3일을 보내고 전주 숙소에 있는데 아이들 생각이 계속 났다. 힘들기도 했지만 정이 너무 들었던 거다. 시계를 보다가 지금 분유 먹여야 되는 시간인데, 먹었으려나 싶어 집에 전화를 걸기도 했다. 애들을 옆에 데리고 자면서 느꼈던 그 숨소리, 냄새 같은 게 떠올랐다. 그래서 원래는 딱 한 번만 특별 출연처럼 하자고 했던 마음을 바꿔 방송 촬영을 계속 하기로 했다.

나중에 알고 보니 아내가 촬영을 하자고 했던 이유가 따로 있었다. 작가가 전화로 이미 출연 중인 다른 출연자 이야기를 했다고 한다.

"아빠들이 완전 달라져요. 육아가 뭐가 힘드냐고 했던 사람도 이게 진짜 이렇게 힘든 거였구나 하거든요."

살면서 이제까지 했던 선택 중 가장 잘했다고 생각하는

게 처음의 그 2박 3일을 "해보자!" 했던 결정이다. 아이들이 어렸던 그때 그 경험을 하지 않았다면 지금과는 많은 것이 달랐을 거다. 아이들이랑 지금처럼 지내지 못했을 테고, 아내가 왜 힘든지도 알지 못했겠지. 이후로는 아이들과 촬영하며 방송하는 것도 좀 편해졌다.

그 뒤로는 한 번에 2박 3일이 아니라 일요일 하루만 촬영하고 쉴 수 있도록 제작진과 조정했고, 육아도 차츰 익숙해져서 경기력에 영향을 주지 않았다. 아이들과 끈끈해지니 오히려 동기부여도 됐다.

그 방송은 K리그를 대중에게 많이 알리고 관심을 갖게 만든 계기도 됐다. 그전에는 전북 현대가 아무리 우승을 해도 기존의 K리그 팬들 외에는 잘 알지 못했는데, 〈슈퍼맨이 돌아왔다〉 방송 출연을 시작하고 화제가 되었을 때인 2015년도에 우리 팀이 우승을 하니 반응이 달랐다. 축구에 관심 없던 사람들도 "전북 현대가 되게 잘하는 팀인가 봐", "이 팀이 K리그 우승이래" 하며 주목하기 시작했다. 그때 K리그나 전북 현대를 새롭게 많이들 알게 되었다.

3

나를 키운 고통

| 준비되지 않은 상태에서 찾아온 기회는
  쉽게 위기로 바뀌었다.
| 내 자리를 잃은 기분이었다.
| 그러나 그 덕분에 노력의 가치, 준비의 중요성,
  팀플레이에서의 역할, 긍정적인 생각법에 눈을 떴다.
| 그래도 된다는 사실도 깨달았다.
  무너졌다가도 다시 헤쳐 나올 힘이 있음을 배웠다.

지옥을 통과하고 있다면 계속 가라.
_ 윈스턴 처칠

If you're going through hell, keep going.
_ Winston Churchill

뛰지 못하는 고통

나는 통증을 잘 참는 편이다. 통증을 모르는 것은 아니다. 아프다. 아프지만 '난 통증을 못 느끼는 사람이야' 하고 스스로 계속 최면을 건다. 이 정도는 참을 수 있고 남들보다 잘 참을 수 있다는 생각을 기본으로 가지고 있다.

경기 중에 아프다고 멈출 수는 없으니까. 시즌 중인데, 국가대표팀 경기를 앞두고 있는데 통증이 있다고 못 뛴다고 할 수 없다. 물론 뛰었다가 더 다칠 수 있는 근육 부상이면 그래서는 안 된다. 그러나 그렇지 않은 경우는 시즌이 끝나고 쉬면 된다는 생각으로 아픔을 품고 뛰었다.

20대 초반부터 무릎 내측 부상이 있었다. 무릎 안쪽 인대가 살짝 늘어난 상태였다. 일상생활에는 전혀 문제가 없고,

축구를 하며 뛰거나 공을 찰 때만 통증이 있고 문제가 되는 부상이었다. 약 1년을 아픈 상태로 경기를 뛰었다. 근데 일반적인 경기 수보다 더 많이 뛰었다. 국가대표, 올림픽 대표, 청소년 대표, 소속팀을 오가며 경기를 소화했다.

축구협회나 소속팀, 코칭스태프도 내가 무릎이 좋지 않다는 사실을 알고 있었다. 하지만 그때는 요즘처럼 선수층이 두텁지 않아 큰 부상이 아니면 테이핑을 하고 뛰었다. 부상이 있으면 선수에게 물어보고, 선수가 가능하고 뛰고 싶다고 하면 대부분 그 결정을 따르는 게 당시의 분위기였다.

2000년 시드니 올림픽, 같은 해 열린 아시안컵 때도 부상이 있었지만 대표팀 경기를 소화했다. 아시안컵을 마치고 겨울에 한 달 쉬며 재활을 하자는 마음이었다. 2000년 아시안컵에서 대한민국은 3위를 했고 6골을 넣은 나는 득점왕에 올랐다. 지금 그때로 돌아간다고 해도 나는 같은 선택을 하고 경기를 뛸 것이다.

그해 시즌이 끝나고 독일로 향했다. 계속 아팠던 무릎 재활을 위해서였다. 오랜만에 휴식을 갖고 재활을 하니 금세 또 몸이 괜찮아진 것 같았다. 그래도 운동을 하면서 상태를 확인해 보기로 했다. 공을 차보고 문제가 없으면 한국으로 돌아갈 예정이었다. 훈련할 수 있는 장소를 찾다가 사흘 정도를 독일 분데스리가의 구단 샬케 04와 베르더 브레멘에서 운동을 했다.

컨디션은 나쁘지 않았다. 그리고 훈련을 하고 난 뒤 두 팀 모두 계약을 하고 싶다는 의사를 전해왔다. 에이전트가 일종의 테스트 형식으로 그렇게 자리를 마련했는지도 모르겠지만, 당시 나는 회복 정도를 확인할 생각뿐이었다. 구단에서는 아시안컵 득점왕 등의 정보를 가지고 있었던 것 같다. 그러나 그때 나는 독일 구단에 대한 데이터가 전혀 없었다. 계획했던 일도 아니었으니 미리 알아보지도 못했고, 지금처럼 인터넷으로 검색하면 온갖 정보가 쏟아지는 시대도 아니었다.

정보가 얼마나 없었냐면 샬케 04를 공사장 인부들이 돈 모아서 만든 팀인가 생각했을 정도였다. 주변 사람들이 '샬케공사'라고 말하기에 숫자 04인 줄 모르고 공사장의 공사인가 했던 거다.

베르더 브레멘 역시 어떤 팀인지 전혀 몰랐는데 동화 『브레멘 음악대』 때문에 좀 더 친숙한 느낌이었다. 어떤 식으로든 들어본 게 낫지 않을까 해서, 정말 그런 단순한 이유로 익숙한 이름을 따라 베르더 브레멘을 선택했다. 지금 이런 이야기를 어디 가서 하면 농담인 줄 안다.

"에이, 누가 그렇게 소속팀을 결정해요?"

나도 정말 농담이었으면 좋겠다. 그런데 그런 시대였다.

돌아갈 곳이 있었던 우연한 해외진출

막상 지내다 보니 샬케 04의 연고지는 겔젠키르헨으로 쾰른이나 프랑크푸르트와도 가깝고 주변에 한인도 많은 곳이었다. 반면 브레멘은 한쪽 구석에 동떨어져 있어 향수병에 걸리기 쉬운 위치였다. 영어로 몇 마디를 물어봐도 사람들은 독일어로만 대답하고, 한국에 전화를 하려고 해도 시차 때문에 쉽지 않았다.

그렇게 혼자 떨어져 지내는 일은 처음이라 외로울 때는 초를 켜놓고 촛불과 대화를 했다. 불빛이 움직이며 반응을

해 주는 기분이었다. 그 정도가 되니 이렇게는 못 살겠다는 생각이 들었다.

분데스리가는 K리그와는 달랐다. 당연히 내 입지도 달랐다. K리그는 일주일에 두 경기가 있고, 나는 꾸준히 경기를 나갈 수 있었다. 반면 독일은 일주일에 한 경기를 하는데, 내가 매 경기에 나갈 수가 없었다. 직전 시즌에 팀 내 스트라이커들이 부진해서 나를 영입했다는데, 내가 가니 갑자기 다들 펄펄 날기 시작했다.

브레멘에 들어가고 처음 두세 경기를 못 나갔더니 3주 정도를 쉬게 됐다. 소속팀에도, 리그에도 적응하려면 뛰어야 하는데 뛸 기회가 없었다. 일주일 준비해서 교체로 들어가서 5분, 10분을 뛰었다. 그러다 한 경기를 빠지면 2주 동안 준비만 하는 셈이었다. 그런 일이 반복되자 밸런스가 무너졌다.

경기에 나가도 내가 하던 스타일, 생각하는 플레이가 안 나왔다. 그렇게 또 한 달 정도를 경기에 못 나가다 퐁당퐁당 뛰고 쉬고를 반복했다. 적응하는 데 쉽지 않았다. 소속팀은 더 큰 무대인 분데스리가로 올라섰지만, 내 실력은 점점 도태되는 상황이었다.

독일에 갈 때 완전 이적이 아닌 포항 스틸러스에서 6개월 임대를 해주는 형식이었다. 돌아갈 곳이 있다는 사실이 오히려 마음을 약하게 했을 수도 있다. 한국에서는 내가 훨씬 더 많이 뛸 수 있는데, 선발 출전은 물론이고 나를 중심으로 전략을 짰는데, 나는 이런 정도 선수였는데 하는 생각이 무의식중에 올라왔다.

아무것도 없는 상태였다면 어떻게든 부딪혀서 배우고 버티겠다고 생각했을 텐데, 그때 나는 그만큼의 절실함이 없었던 것 같다.

이때가 우리나라에서는 2002년 월드컵을 앞두고 유망주들에게 선진 축구를 접해보게 한다는 목적으로 선수들을 내보내던 시기였다. 2000년 아시안컵에서도 득점왕에 오를 정도로 경기력이 좋았고, 무릎도 심각한 부상은 아니었으니, 갑작스레 독일에서 영입 제안을 받고도 나는 잘할 수 있으리라 생각했다. 그즈음 내 나이로 뛸 수 있는 모든 대표팀에서도 뛰고 있었으니, 2002년 월드컵도 당연히 뛸 거로 생각하고 있었다.

그런데 막상 독일에서 경기에 제대로 나가지 못하는 시간을 보내자 불안해지기 시작했다. 나는 계약한 6개월을 채우고 다시 포항 스틸러스로 돌아왔다. 브레멘에서는 6개월 계약 연장을 원했지만 더는 머물 수 없었다. 샬케04로 갔으면 조금 달랐을까? 아니면 준비가 되지 않은 상태여서 크게 다르지 않았을까?

한국에 돌아왔지만, 경기력은 올라오지 않았다. 조급해졌다. 공이 오는 게 두렵기도 했다. 이러다가 2002년 월드컵에 못 나갈 수 있겠다는 생각이 들었다. 축구를 다시 배워야 하나, 온갖 생각과 불안함에 빠져 있을 때 국가대표팀 정해성 코치님이 이런 이야기를 했다.

"동국아, 네 안에, 몸에 다 있는데 그걸 지금 표출을 못하고 있는 것 같다. 어차피 네가 갖고 있고, 해왔던 것은 네 안에 있으니까 언제든지 나올 수 있어. 그걸 기억하고 꺼내려고 좀 신경을 써보자."

어떤 뜻인지 머리로는 이해하고 알고 있는데 몸으로 꺼내는 게 말처럼 쉽지 않았다. 일단 밸런스가 무너지고 나니 다시 감각을 찾는 걸 어떻게 해야 하는지 통 알 수 없었다. 무의식중에 하던 것을 의식하면서 하려니 박자가 조금 늦거나, 힘이 너무 들어가거나, 뭐가 계속 엉켰다. 그리고 나는 다들 알고 있듯 2002년 월드컵에서 뛰지 못했다.

통증은 잘 참는다. 아프다고 내가 먼저 경기에서 못 뛰겠다고 말해 본 적이 없다. 그런데 경기에서 뛰지 못한다는 사실, 그 고통은 참기 어려웠다. 전 국민이 열광했던 2002년 한일 월드컵 경기를 나는 단 한 경기도 보지 않았다. 볼 수가 없었다.

축구를 두고
결코 도망가지 않겠다

축구를 시작하고 단 한 번도 그만두겠다는 말을 해본 적이 없다. 힘들 때도 있었지만 그보다는 재미있을 때가 많았고 잘하고 싶다는 마음이 컸다.

중학교 때였다. 합숙 중에 친구들이 숙소에서 도망갔던 적이 있다. 그때 축구부 감독님은 프로팀에서 오래 계셨던 분이라 훈련이 달랐다. 체계적으로 배울 수 있었다. 새로운 것들을 배우는 재미에 눈을 떴지만, 밤이 되면 이야기가 달라졌다. 합숙이 너무나 끔찍했다. 밤마다 선배들에게 불려 가 맞았다. 1학년 때는 훈련의 기억보다 선배들에게 맞은 기억이 더 강렬하다. 지금은 상상하기 어렵지만 그런 시절이었다. 그래도 맞으면서 참고 버텼다. 그때까지 운동한 게 너무 아까워서라도 참아야 한다는 생각으로 버텼다.

구타를 참지 못하고 숙소에서 이탈하는 친구들도 있었다. 어떤 때는 단체로 도망을 가기도 했다. 나도 같이 가자고 제안을 받았다. 그러면 나는 친구들을 말렸다. 도망가면 안 된다고. 그때 내게 '도망'은 곧 '포기'였다. 도망가고 나면 다시 축구를 할 수 없을지도 모른다고 생각했다. 축구를 그만두고 싶지 않았다.

때리던 선배들이 원한 것이 바로 그만두게 만들고 싶은 마음이었을 수도 있다. 선배들은 그만두게 만들고 싶은 애들을 더 괴롭혔다. 3학년 경기에 잘하는 2학년이 투입되면 그 아이를 때리는 식이었다. 출전 횟수가 고등학교 진학과 미래로 이어지기 때문에 잘하는 애들을 더 심하게 괴롭혔다. 축구를 탁월하게 잘하는 선배는 후배를 괴롭히지 않았다. 포지션이 애매한 선배가 잘하는 후배를 괴롭히는 경우가 많았다. 그리고 실제로 괴롭힘 때문에 그만둔 애들도 있었다.

나도 딱 한 번 도망쳤었다. 중학교 2학년 때였다. 친구들이 도망치자고 하면 늘 말리던 사람이 나였는데, 그때는 나도 참기가 힘들었다. 선을 넘은 괴롭힘에 축구부 1, 2학년 전부 도망가서 부모님께 알리기로 뜻을 모았다.

그러나 그날의 탈출은 단 몇 시간 내로 종료되었다. 우리는 최단 시간 만에 잡혀서 숙소로 복귀했다. "야, 전부 복귀해. 아니면 다 잘라버린다"는 감독님 말씀에 바로 복귀했다. 그리고 다시 선배들에게 맞았던 엔딩이다. 그게 처음이자 마지막 도망이었다. 그 뒤로는 그냥 버텼다.

다른 사람 때문에 내 길을 멈추지는 않을 거다

쭉 운동을 해서 직장생활은 잘 모르지만, 주변 이야기를 들어봐도 어디든 가장 버티기 힘든 게 사람 스트레스 같다. 일이든 운동이든 몰라서, 서툴러서 처음에 힘든 부분은 내가 노력하면 어느 순간 극복이 된다. 그런데 사람은 내가 노력해서 풀 수 있는 문제가 아닐 때가 많다. 상하 관계에서 일방적으로 가해지는 일일 때는 선택지도 별로 없다. 그만두거나 견디거나 둘 중 하나다.

그런데 내가 이걸 왜 견뎌야 하나, 아니 저 사람에게 왜 당해야 하나 하는 생각이 들면 몸보다 마음이 힘들어진다. 중학교 이후에도 그런 사람들은 있었다. 고지식하거나 고

압적으로 지도하고 훈련시키는 스타일, 경기가 잘 풀리지 않았다고 폭력을 쓰는 스타일 등을 여러 번 경험했다. 그러나 사람을 이유로 도망가지 않았다. 내가 제일 잘하는 길을 가고 있는데, 타의에 의해 포기하고 싶지 않은 마음이 강했던 것 같다.

몇 시간의 짧은 도망이 실패한 뒤로부터, 다른 건 더욱 생각하지 않기로 했다. 선의의 경쟁 속에서 실력을 키우며 축구의 재미에 집중하며 지냈다. 중학교 2학년 때부터는 경기 중 벤치에 앉아본 적이 없다. 잘하는 친구가 두 명 있었는데, 나를 포함한 세 명이 선의의 경쟁을 계속했다. 누가 시키지 않아도 우리끼리 자연스럽게 훈련하곤 했다.

선배들에게 맞은 날도 집에서는 티를 내지 않았다. 힘들었지만 '힘들다'고 표현하지 않았다. 말하는 순간 부모님이 축구를 그만두라고 하실까 봐 그러지 못했다. 어느 날은 맞은 엉덩이가 아파 바닥에 닿지 않게 비스듬히 앉아서 밥을 먹었다. 말하지 않아도 부모님은 눈치를 채셨던 것 같다. 밥상 앞에서는 아는 내색을 안 하셨는데 잘 때 방에 들어와 약을 발라주셨다.

절실함의 끝에
새로운 세상이 있었다

대부분의 사람은 내가 히딩크 감독님을 싫어할 거라고 생각한다. 하지만 히딩크 감독님은 내게 중요한 것들을 가르쳐 주신 분이다. 그때를 계기로 나는 운동을 오래 할 수 있었다고 생각한다.

2002년 한일 월드컵을 앞두고 평가전을 하거나 대표팀 훈련을 하면서, 내가 좋은 모습을 보여주지 못하고 있다는 사실을 느끼고 있었다. 스트라이커 포지션을 두고 경쟁하는 선수들이 많았고 모두 함께 갈 수 없는 상황이었다. 게다가 히딩크 감독님은 스트라이커라고 하더라도 다른 포지선도 커버할 수 있는 선수를 선호했는데 나는 그때까지 스트라이커만 해왔었다.

파주에서 훈련을 하던 중 히딩크 감독님의 호출이 있었다. 갔더니 얼굴 보며 툭 터놓고 이야기해 주었다. "너의 포지선에 선수들이 많은데 나는 최선의 선택을 해야 하기 때문에 같이 가기 힘들 것 같다. 미안하다"는 내용이었다. 그 말을 듣고 있던 순간은 이루 말할 수 없이 아팠다. 한동안도 그 고통에서 벗어나기 힘들었다. 그러나 축구를 2002년만 하는 건 아니었다. 긴 선수 생활로 봤을 때는 그때의 경험이 축구에 대해 새로운 시각을 던져줬다.

아무리 골을 잘 넣어도 공을 가지고 있지 않을 때는 수비도 하고, 도와주기도 하는 그런 플레이가 필요하다는 것에 대해 그때 크게 배웠다. 축구는 단체로 하는 스포츠이니 골 넣고 스포트라이트 받는 게 다가 아니고, 다 같이 공격도 수비도 하며 희생할 줄도 알아야 된다는 인식을 히딩크 감독님이 강하게 심어줬다.

이후로 축구를 대하는 자세가 달라졌다. 그동안은 그런 이야기를 누가 해도 받아들이지 못했는데, 엔트리에서 제외된 뒤 깨달았다. 아무리 좋은 얘기를 해줘도 본인이 느끼지 못하면 자기 것이 될 수 없다는 걸.

스물셋, 군대 가자

2002년 가을 부산 아시안게임은 한일 월드컵 수석코치였던 박항서 감독님이 맡았다. 월드컵 엔트리에서 제외됐던 일이 마음 쓰였는지, 가장 절실해 보이는 사람이 나였기 때문인지는 모르겠지만 내게 주장을 맡겼다. 그리고 그때 함께한 분이 바로 최강희 코치님이다. 훗날 전북 현대에서 오랫동안 인연을 맺었지만, 처음 만난 것은 그 부산 아시안게임 대표팀에서였다.

2002 한일 월드컵이 진행되는 동안에는 깊은 수렁에 빠진 듯 좌절도 했지만 그렇게 바닥까지 내려가 보고 나니 내 축구 인생이 끝은 아니라는 생각에 다다를 수 있었다. 다시 마음을 가다듬고 운동을 시작했다.

아시안게임에서 조별리그, 8강을 거치며 나는 네 경기 연속골을 넣었고, 우리 대표팀은 4강까지 올랐다. 그러나 4강에서 붙은 이란이 생각지 못한 복병이었다. 우리와는 실력 차이가 컸는데, 그러다 보니 상대는 거의 모든 선수가 수비만 하는 플레이를 했다. 우리는 두드리고 두드렸으나

0 대 0으로 경기 시간이 끝나 버렸다. 승부차기까지 갔지만 결국 아쉽게 지고 말았다. 누구를 탓할 것도 없고 일부러 그런 것도 아니고 그냥 그렇게 되었다.

군대에 가야겠다는 생각이 들었다. 당시 나는 스물셋. 스물아홉까지는 입대 연기가 가능하고, 한 번 더 아시안게임에서 뛸 기회가 있었다. 하지만 나는 빨리 군대를 해결하고 엉켜버린 상황도 정리해야겠다는 생각뿐이었다. 지금의 아내이자 그때의 여자 친구도 군대에 가야 한다고 적극 권했다. 독일에서 돌아오고 정신을 못 차리더니 월드컵 엔트리에서 제외된 뒤에도 방황하는 모습을 보고는 답답해하며 군대 이야기를 계속했다.

지금 생각해 보면 소속팀 입장에서는 정말 허락하기 힘든 일이었을 거다. 독일에 다녀와서 잠깐 뛰다가 월드컵 대표팀 훈련에 참여하고는, 월드컵이 끝나고 좀 뛰어보려니 군대에 간다고 하는 상황이었다. 그런 팀에 나도 미안했다. 하지만 나도 절박했다. 최순호 감독님과 한 시간 동안 면담을 했지만 해결책을 찾지 못했다. 그러다 마지막에 젊은 패기였는지 스스로 엄청난 절실함을 느껴서였는지 감히 감독님에게는 할 수 없는 말이 튀어나와 버렸다.

"감독님께서 제 인생을 책임져 주실 수 있는 건 아니잖아요."

스물셋 선수가 소속팀 감독에게 감히 할 수 없는 말이다. 하지만 당시의 나도 일반적인 상황이 아니었는지, 오랜 고민 끝에 결정한 입대여서인지, 지금 생각해도 아찔한 말이 나도 모르게 나와버렸다. 감독님도 이 말을 듣고는 기가 막히셨는지 "가든 말든 알아서 해라" 하고는 자리를 뜨셨다.

제대하고 다시 돌아와야 하는데 그러고서 감독님 얼굴을 어떻게 보나 싶어 걱정도 했다. 다시 생각해도 감독님께 저렇게 말을 했다는 것에는 죄송한 마음이 있다. 하지만 그때의 선택을 후회하지 않는다. 아니, 결국 그 선택이 내 인생의 터닝포인트였다.

새로운 세상이 상무에 있었다

2003년 상무에 입대하며 나는 2006년 월드컵을 목표로 잡았다. '내가 저 자리에 무조건 있을 테니, 다시 살아 있다는 걸 보여줄 테니 한번 봐라' 하는 각오였다. 목표가 있으니 그 목표를 향해 달리기 시작했다.

군인으로서 하루 일과를 보내고 팀훈련을 마친 후, 저녁에는 무조건 웨이트트레이닝장으로 갔다. 2003년도는 광주 상무가 K리그에 진출한 첫해였다. 리그 경기를 뛰어도, 대표팀에 들어가서 뛰어도 체력적으로 힘들지 않았다. 발등 피로골절로 수술을 하기도 했지만, 그것 외에는 몸 상태가 최고로 올라와 있었다.

내가 그렇게 될 수 있었던 건, 군대에서 만난 다른 종목 선수들 덕분이다. 나는 그때까지 본 적 없는 새로운 세상을 국군체육부대에서 만났다. 상무 소속으로 들어온 사람 중에는 나처럼 프로 출신은 많지 않았다. 프로구단이 없는 종목의 선수들이 많았는데 그들은 4년에 한 번 오는 올림픽을 바라보며 밤낮 없이 열심히 운동하고 있었다.

프로리그처럼 경기가 많은 것도 아니었고, 대우가 좋은 것도 아니었다. 그런데 처음 봤을 때는 무슨 운동을 저렇게 미친 듯이 할까 싶은 생각이 들 정도였다. 밤에도 가보면 운동을 하고 있고, 새벽에 일어나서도 또 운동을 하고 있었다. 낮에 운동하는 건 당연한 거였고.

메달을 땄다면 군 면제가 되니 그들은 메달리스트도 아니었을 텐데 밤낮 없이 운동을 했다. 대부분 실력이 괜찮은 대학생, 메달을 꿈꾸는 선수들이었다. 그들을 보고 있으면 어떻게 저렇게 열심히 할 수 있을까 하는 생각이 들었다. 그리고 그 옆에 있으니 내 모습이 제대로 보였다. 너무 부끄러웠다. 저 사람들한테 미안할 정도로 내가 잘못 살았구나, 하는 생각에 머리를 한 대 세게 맞은 기분이었다.

냉정하게 말해 내가 하고 있는 축구는 세계 1등이 아니더라도 팀에서 어느 정도의 성적을 내면 팬들이 있고, 프로 선수로서 돈도 벌 수 있다. 나는 더 좋은 상황에서도 그들처럼 열심히 하지 않았던 것이다.

'왜 저렇게 못 했나', '더 노력을 하면 됐는데', '나는 슬슬 하면서 그 정도면 충분하다고 생각했구나' 등 여러 생각이 무겁게 나를 때렸다. 나도 더 해보자, 저 선수들에게 미안하지 않을 정도까지만 해보자는 결심을 했다.

단체 생활 어디에서나 무리가 나뉘어 있다. 열심히 하는

무리 속에 있으면 자연스레 동화되고, 노는 무리와 어울리면 그냥 그렇게 또 휩쓸려 간다. 군대에서 난 운동을 열심히 하는 무리와 어울렸다.

환경은 사람을 변하게 한다. 노는 무리 속에 있으면 하는 일이 흐지부지되어도 이상함을 못 느낀다. 그렇게 반짝했다가 끝나는 스타들도 많다. 군 생활이 놀고 싶어도 놀 수 없는 곳이긴 했지만, 그 속에서도 열심히 운동하는 친구들과 가깝게 지냈다.

그때는 2006년 월드컵이라는 목표가 확실히 있고 2002년의 아픔도 묵직하게 누르고 있어서 부활을 해야 한다는 의지가 확고했다.

무너져도 헤쳐 나올 힘은 있다

너무 어릴 때부터 많은 사람들에게 주목을 받았다. 수많은 시선들 속에서 휘청거릴 때, 중심을 잡을 수 있는 이야기를 해주고, 흔들리지 않게 잡아주는 것들이 필요했는데, 군대가 그런 역할을 했던 것 같다. 2002년 월드컵 이후 나는 바닥을 찍었다고 생각했다. 그런데 그곳에 있는 또래 친구들을 보니 그들은 첫 도전을 위해 땀 흘려 준비하고 있었다. 스물셋, 나는 충분히 다시 시작해도 되는 나이였다.

그때부터 '내가 사회에서 누렸던 인기, 명예, 돈, 그런 건 없다. 바닥에서 시작한다' 이렇게 생각했다. 군대에서 함께 운동하던 친구들은 나를 매점에서 먹을 거 많이 사준 친구로 기억할지 모른다. 그러나 정작 생활하면서 얻은 게 많은 사람은 그들이 아니라 나였다. 상무에서 생활하며 신체적으로도 강해졌지만, 무엇보다 정신적으로 단단해졌다.

항상 긍정적으로 생각하는 방법도 군대에서 배웠다. 2002년 월드컵에 대해서도 '히딩크 감독님이 안 뽑아줘서 못 뛰었다' 이렇게 핑계 대는 마음 없이 '만약 2002년에 뛰었으면 나는 그때 십자인대가 끊어져서 다쳤을 수도 있어' 하는 식으로 오히려 긍정적인 생각을 하기 시작했다. '축구라는 여건이 좋은 종목을 선택해서 나는 여기까지 왔어' 하고 계속 좋은 쪽으로 생각을 하니, 일상이 훨씬 편안해졌다. 아무리 누가 뭐라고 그래도 크게 흔들리지 않는 멘탈을 그때 얻게 됐다.

우연히 분데스리가에 진출했을 때, 그게 마냥 좋은 일이라고 생각했다. 그러나 준비되지 않은 상태에서 찾아온 기회는 쉽게 위기로 바뀌었다. 2002년 월드컵 엔트리에서 제외되었을 때는 한 번도 의심해 본 적 없는 내 자리를 잃은 기분이었다. 궁지에 몰린 기분으로 군대에 갔다.

그러나 그 덕분에 노력의 가치, 준비의 중요성, 팀플레이에서의 역할, 긍정적인 생각법에 눈을 떴다. 빠르게 프로의 세계에 들어가 너무 일찍 스타가 되었던 내게, 다시 시작할 수 있는 기회가 주어졌다.

그래도 된다는 사실도 깨달았다. 무너졌다가도 다시 헤쳐 나올 힘이 있음을 그 안에서 배웠다. 그 기회는 2002년 월드컵 엔트리 제외에서 시작되었다. 그래서 나는 어딜 가나 히딩크 감독님은 정말 내게 좋은 은인이라고 항상 이야기한다.

최상의 컨디션이
무서운 이유

군대에 있으면서부터 몸 상태는 최상이었다. 상무 소속으로 뛰면서 국가대표팀에도 계속 차출되어 나갔다. 2004년 아시안컵에서 우리나라는 8강에서 멈췄는데 네 경기에 출전하여 4골을 넣었다. 우리 대표팀 안에서 가장 높은 득점이었고, 그해 아시안컵 전체에서도 2위였다. 2004년과 2005년 열렸던 월드컵 지역 예선과 최종 예선에서도 주전 스트라이커로 계속 뛰었다.

나의 목표는 뚜렷했다. 다시 한번 가슴에 태극마크를 달고 대한민국 스트라이커 중 첫 번째 자리에 오르는 일이었다. 그렇게 준비한 것을 2006년 독일 월드컵에서 후회 없이 펼쳐 보이고자 했다. 늘 무엇을 위해서인지 생각하며 뛰었다. 과정 하나하나를 돌아봐도 그 이상을 다시 할 수는 없 겠다 싶을 정도로 집중해서 준비했다. 경기 중 다른 선수들 은 지치기 시작하는 시간이 되어도 나는 지치지 않았다. 그 런 상태가 꾸준하게 지속됐다.

결국 준비가 전부구나, 하는 것을 깨달았다. 준비를 어떻 게 했는지에 따라서 모든 것이 바뀐다는 것을 경험하면서 점점 기대도 되기 시작했다. 그렇다고 그 기대가 욕심으로 이어진 건 아니었다. 1998년 막 프로에 나왔을 때는 내가 했던 것, 노력한 것보다 더 많은 것을 받았다. 그런데 그 사 실을 스스로 인지하지 못하니 탈이 났다.

하지만 상무 시기를 지나면서 2005년에는 내가 노력한 만큼만 나와도 감사하다는 마음을 늘 갖고 있었다. 그러다 보니 노력은 꾸준히 이어졌다. 2005년 초에 제대를 하고 포 항 스틸러스로 복귀했다. 시즌을 마감하고 12월에 결혼했 는데, 신혼여행에서도 운동을 단 하루도 쉬지 않았다.

2005년을 최고의 몸 상태로 보낸 뒤 2006년 시즌을 시 작할 즈음 차범근 감독님이 계시던 수원 삼성에서 영입 제안이 왔다. 당시 해외로 나가고 싶은 마음이 있었는데, 그때 수원 삼성에서 제시한 이적료와 연봉이 상당했다. 당시 내 연봉은 K리그에서도 가장 높았고, 그 다음 선수들과도 차이가 큰 금액이었다. 그런데 수원 삼성은 기존 연봉의 두 배를 제안했다. 이적료는 내 포항 스틸러스 연봉의 다섯 배 이상이었다. 구단도 안 보낼 수 없는 그런 큰 금액이었다.

2006년 월드컵을 앞둔 시점, 월드컵 결과에 따라 몸값이 달라질 수 있는 상황이었다. 두 구단에서도 서로 길게 이야기가 오가다 K리그 시즌을 시작하고 4월이 거의 다 되어서야 확정이 났다. 수원으로 이적이 결정된 뒤 한 경기가 남은 시점이었다.

홈에서 인천과 붙는 경기였다. 후반을 약 5분 정도 남겨둔 시점. 공을 쫓아 뛰다가 방향을 전환하는 순간, '펑'하는 소리가 들렸다. 놀랍게도 내 무릎에서 난 소리였다. 십자인대가 끊어진 것이다.

그 순간 이후로 모든 게 다 없던 일이 되었다. 이적도, 다음 경기도, 월드컵도 눈앞에서 사라졌다. 롤러코스터가 레일 위를 천천히 착착 올라가다 정상에서 급격히 빠른 속도

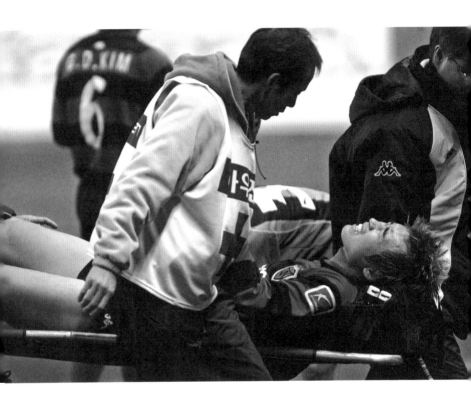

로 가파르게 떨어지는 느낌이었다.

포항에서 서울로, 결국 독일에서 들은 진단

그렇게 큰 부상은 처음이었다. 엑스레이를 봤을 때는 얼핏 어깨 탈골 비슷한 느낌 아닐까 했다. 어깨가 습관적으로 빠지는 사람들처럼 다시 끼워 넣으면 되지 않을까 그런 생각이었다. 그런데 포항의 병원에서 MRI까지 찍고 무릎을 움직여도 보았는데도 정확한 진단을 내리지 못했다. 병원 밖에는 기자들이 대기하고 있었다. 월드컵을 2개월 앞둔 시점이라 주전 스트라이커의 부상은 너무나 큰 뉴스였다.

결국 나는 서울로 이송되어 아산병원에서 다시 검사를 해야 했다. 검사 결과를 두고 무릎 전문의 네 명이 의견을 주고받았다. 누구는 끊어졌다고, 누구는 끊어졌는데 조금 붙어 있어서 재활하면 가능하다고, 누구는 끊어졌는데 그게 겹쳐서 붙어 있는 것처럼 보인다고 했다. 의견이 분분했다.

내게는 끊어지고 안 끊어지고가 중요하지 않았다. 그냥 누가 시원하게 말을 해주었으면 했다. 월드컵에 뛸 수 있는

지 못 뛰는지. 그러나 의견은 모이지 않았다. 결국 정밀 진
단을 하러 독일로 향했다.

독일은 아내와 동행하기로 하고 출국하는 날, 부모님과
가족들에게는 인천공항 직전에 있는 휴게소에서 만나자
고 했다. 취재진을 피해 휴게소에서 만난 그날, 인사를 마치
고 뒤돌아 절뚝거리며 걸어가는 나를 보며 아버지는 가슴
이 미어지셨다고 한다. 여전히 2006년의 그 시간들은 떠올
리기 힘들지만, 나도 부모가 된 지금 당시 아버지의 심정이
어떠셨을지 한 번 더 생각해 보게 된다.

부어서 구부리지도 못하는 무릎으로 독일로 간 이유는
한 가닥 기대 때문이었다. '월드컵에 가고 싶다.' 공항에 나
와 심정을 묻는 기자들에게도 달리 할 말이 없었다. 우선은
무릎도 너무 아팠다. 그리고 2002년부터의 일들이 필름처
럼 머릿속에 펼쳐져 절박하고 간절한 심정이었다.

"다시 뛸 수 있도록 치료 잘 받고 오겠습니다."

담담하게 이야기했지만 정말 바라는 것은 그뿐이었다.

'진짜 아무것도 아니었으면 좋겠다. 그냥 2006년 월드컵

그 자리에 정말 내가 설 수 있게끔만 해줬으면.'

독일에 도착해 짐 풀 새도 없이 병원으로 향했다. 담당 의사에게 한국에서 찍었던 엑스레이와 MRI를 내밀었다. 의사는 그때 바로 알았다고 한다. 십자인대가 끊어졌고 월 드컵에는 뛸 수 없다는 사실을.

인대는 끊어졌는데 근육량이 많아 끊어진 인대를 보호하기 위해 근육이 잡고 있었던 것이다. 그러다 보니 일반적인 케이스와는 달라 보였던 것. 담당 의사는 사진을 보고 확신했지만, 독일까지 찾아온 그 마음이 절실해 보여 정밀 검사를 다시 했다. 하지만 그 결과를 보고도 바로 말을 하지 못하고 30분을 돌려돌려 말을 전했다. 결론은 하나였다.

"수술은 불가피하다. 이번 월드컵에는 너의 자리가 없다."

독일에서 지켜본 독일 월드컵

감정이란 신기하다. 어떤 순간은 너무 선명하게 남아 시간이 지나도 그때를 떠올리면 당시의 공기까지 느껴진다. 어떤 감정은 다 지나갔다고 생각했는데 다시 이야기를 꺼내다 보면 되살아나 버린다. 가라앉아 있었을 뿐, 들춰내면 생생하게 살아난다.

2006년 이야기는 너무나 많이 했다. 보통 남자들이 군대 이야기, 군대에서 축구한 이야기를 그렇게 지겹도록 한다고 하는데, 나는 제대한 다음 해 2006년 부상 이야기를 그 이상으로 했던 것 같다. 그 뒤로 좋은 날도 많았고, 힘든 일도 상처받을 일도 많았지만, 그 어떤 시간보다 저 때의 열흘 안 되는 시간을 떠올리면 뜨겁게 올라오는 감정이 있다. 20년이 다 되었는데도.

의사의 진단을 듣던 순간은 오히려 담담했다. 독일로 가며 가장 바랐던 마음은 분명 재활이 가능해서 2개월 뒤 독일 월드컵에 서는 일이었다. 그러나 그 뒤에 숨겨져 있던, 내가 듣기 두려웠던 건 그 재활 과정을 내가 해낼 수 있을까 하는 일종의 공포감이었다.

축구 선수가 무릎을 다친 후 치료를 받고 나서, 고작 2개월이라는 재활 기간이 주어진다면, 그리고 이후의 대회가 월드컵이라면 감히 상상할 수 없는 노력이 필요하다. 4년간 준비한 모든 것을 압축해서 노력해야, 아니 그 이상의 노력이 있어야 된다는 걸 나는 알고 있었다. 그런데 그동안 준비해 온 과정을 나는 알고 있었기에, 이걸 압축하는 걸 감당할 수 있을까, 싶은 불안감도 월드컵 출전에 대한 기대감 이면에 자리하고 있었다.

결정이 되고 나니 오히려 후련하기도 했다. 4년 동안 준비한 월드컵을 놓쳤는데 어떻게 후련할까 스스로 생각해도 의아했는데, 곰곰이 생각해 보니 답이 나왔다. 준비와 과정이 정직하고 치열했다면, 이런 결과도 받아들여지는구나.

물론 그렇다고 엄청난 좌절감이 쉽게 회복되지는 않았다. 하지만 2002년과는 달리 옆에 아내가 있었다. 동갑내기 아내와 나는 둘 다 몰래 숨죽여 울다가도, 마주 보면 웃으며 장난을 쳤다. 독일에서의 재활을 그렇게 보냈다.

부상과 2006년 월드컵 출전 불가 소식이 전해지자, 많은 사람들이 안타까워해 주셨다. 이동국의 부활과 월드컵을 기대하던 축구 팬들은 물론 나를 욕하던 사람들도 안쓰러워했다. 그러던 중 KT에서 월드컵 시즌 캠페인 광고를 하고 싶다고 연락이 왔다. 목소리만 녹음해 달라고 했다.

비록 그라운드는 아니지만 4,800만 붉은 악마와 함께
더 뜨겁게 뛰겠습니다. 감사합니다. 꼭 이겨주십시오.

조용한 새벽에 일어나 아무도 없는 곳에서 녹음했다. 영
상에 음성을 입혀 처음 광고가 나갔을 때 눈물을 흘렸다는
사람들이 많았다. 광고회사에서 쓴 카피였지만 내 마음 그
대로였다. 나는 그라운드에 설 수는 없는 상황이지만 독일
에서 수술과 재활을 하며 대표팀의 경기를 보기로 마음먹
었다. 독일 공항에 대표팀이 도착했을 때도 인사를 하러 나
갔다. 내가 뛸 수는 없지만 진심으로 응원하는 마음이었다.

2002년 월드컵 때는 단 한 경기도 보지 않고 사람들 시
선을 피해 숨고 싶었는데 2006년 월드컵은 달랐다. 내가 뛰
지 못한다는 사실은 같았지만 4년 동안 많은 걸 경험하며

나는 완전히 달라져 있었다.

　물론 아쉽다. 2002년과 2006년 중 언제로 돌아가고 싶냐고 묻는다면 나는 2006년을 말한다. 선수로서 전성기를 보내며, 세계 무대에서 통하는지 안 통하는지를 한번 테스트해 보고 싶었다. 내가 갈고 닦은 온전한 실력을 증명도 해보고도 싶었다. 하지만 너무 날카롭게 칼을 갈고 있었고 그 절정의 순간 칼이 부러져 버렸다.

　지금 돌아보면 컨디션이 좋을수록, 상황이 좋을수록 사람은 자기도 모르는 사이에 무리를 하게 되는 것 같다. 아마 몸이 최상의 컨디션이 아니었다면 그 경기에서 나는 튕겨져 나가는 공을 잡겠다고 그렇게 무리하게 움직이지 않았을 거다. 많은 선수들이 그렇고 다른 때였다면 나 역시 잡으려고 하지 않았을 공이었다. 이기고 있는 상황, 후반 5분 남은 시간, 이적을 앞둔 마지막 경기였는데도 불구하고 인대가 끊어지도록 뛴 것은, 몸에 대한 자신감 때문이었다. 최상의 컨디션은 예리한 만큼 그렇게 위험하기도 하다.

4

시작과 끝은 모두
소통이다

| 스스로 따라가고 싶게 만드는 게 리더의 역할이라는
  걸 배웠다.
| 믿음이 쌓이니 경기에서도 이길 수 있다는 분위기가
  만들어졌다. 골을 먼저 허용하고 시작해도 우리는 질
  것 같지 않았다.
| 역전할 수 있다는 자신감,
  서로 끈끈하게 도와주며 뛰는 응집력이 강했다.

우리의 운명을 쥐고 있는 것은
별이 아니라 우리 자신이다.
_ 윌리엄 셰익스피어

It is not in the stars to hold our destiny but in ourselves.

_ William Shakespeare

스스로 움직이게 만드는
리더십

영국 미들즈브러에서 한국으로 돌아와 성남 일화 소속으로 있었던 시간은 길지 않았다. 시즌 중간에 들어가서 실제로 뛴 시간은 3개월이었다. 영국에서 무너진 밸런스를 되찾고 몸을 만들 시간이 부족했다. 교체로 열세 경기에 2득점, 2도움이면 그렇게 나쁜 성적은 아니지만, 사람들이 내게 갖는 기대치는 그 이상이었다. 영국에 진출했다가 어찌 보면 좋지 않은 결과로 돌아왔고 성남 일화로 갔다. 내가 사람들의 기대에 미치지 못함을 알고 있었다.

2009년 다시 팀을 찾아야 했을 때, 군대에 들어갈 때만큼은 아니더라도 '내가 지금 바닥 가까운 곳에 내려왔구나' 하는 마음이었다. 다음 행보에 따라 힘든 시간이 길어질 수도 있는 상황이었다. 그래서 새로운 팀에 가면 돌파구를 찾아야겠다, 내가 뭔가를 다시 한번 보여줘야 한다는 각오가 있었다.

성남 일화를 나와 새로운 팀을 알아본다는 소식이 퍼지자 여러 곳에서 연락이 왔다. 그중 선택지를 두 팀으로 좁히고 에이전트를 통해 구체적인 이야기를 주고받았다. 전북 현대보다는 다른 팀의 연봉이나 조건이 더 좋았다. 당연히 더 좋은 조건을 제시한 팀으로 굳어지는 분위기였다.

계약 직전까지 가서 사인을 앞둔 상태였는데 에이전트에게 최강희 감독님이 직접 만나고 싶어 하신다는 소식을 전해 들었다. 만나면 안 될 것 같다는 생각이 들었는데 계속 거절할 수 없어서 약속을 잡았다.

"동국아, 네가 꼭 필요하다."

감독님은 만난 자리에서 가지고 계셨던 큰 그림을 설명해 주셨다. 그 당시는 전북 현대 성적이 그리 좋지 못했다. 그러나 좋은 팀을 만들기 위해 감독님은 고민하고 계획을 세우고 계셨다. 그 과정에 내가 꼭 필요하다는 말씀을 하셨다. 다른 팀과 차이가 나는 조건을 보완할 방법도 구체적으로 설명해 주셨다. 지금 당장 줄 수는 없지만 어떻게든 챙겨줄 수 있도록 만들겠다고 하셨다. 얼굴 보고 이야기를 듣다 보면 마음이 흔들릴까 봐 걱정했는데, 역시나 생각이 많아졌다.

그러다 결정을 바꾼 건 결국 신뢰였다.

"네가 지금 경기력이 떨어진 거는 사실이지만 네 안에 있는 것을 나는 분명히 봤다. 그걸 끄집어낼 수 있도록 내가 너를 경기에서 안 뺄게. 네가 경기하다 어디가 안 좋아서 빼달라고 손들지 않는 이상 내가 안 빼고 쭉 갈게."

감독님이 직접 만나서 이렇게까지 이야기를 한다는 자체가 내게는 신뢰로 다가왔다. 믿어도 되겠구나. 물론 설득하기 위해 그 순간 하는 말일 수도 있다. 그렇게 말을 했어도 빼면 어쩔 수 없는 것이기도 하다. 열 경기, 스무 경기 뛰었는데 골이 없다면 어떻게 그 선수를 빼지 않을 수 있겠는가. 당연히 뺄 수밖에 없다.

미들즈브러에서도 성남에서도 몸이 최상의 상태로 올라

올 만큼의 경기를 뛰지 못했다. 지속적으로 경기를 뛰면서 감을 찾는 것이 절실했다. 나를 믿고 기회를 주겠다는 감독님 이야기에 마음이 갈 수밖에 없었다. 결국 나를 믿어주는 사람에게 가자는 쪽으로 생각이 기울었다. 나를 믿어주면 그 사람한테 진짜 보답을 해줘야겠다는 생각이 있었다.

2009년 시즌이 시작하기 전 전지훈련에 합류했다. 일본에서 전북 현대 선수들과 훈련을 하고 연습경기도 했다. 연습 경기를 열 경기 정도 뛰었는데 한 골도 넣지 못했다. 몸 상태는 조금씩 올라오고 있었고, 예전에 좋았던 모습이나 감을 찾고 있다는 게 느껴졌다. 그런데 골이 안 나왔다.

초조한 마음이 들었다. 최악의 상황도 생각하게 됐다. 그런 내게 감독님이 하신 말씀은 "괜찮다"였다. 어차피 여기서는 몸 만들어서 가는 것이니 조급하게 생각할 필요가 없다고.

그해 시즌 첫 경기는 경남에서 열린 원정 경기였다. 득점은 못했지만 내가 찬 볼이 골대를 맞고 나왔는데 우리 팀 선수가 넣어서 1 대 1로 비겼다. 괜찮은 스타트였다. 그리고 그 다음 홈경기에서 내가 두 골을 넣으며 팀 승리, 그 분위기를 타고 전북 현대는 그해 K리그 우승을 했다. 그리고 나는 정규 리그와 리그컵까지 서른두 경기, 22골을 기록하며 득점왕에 올랐다.

날짜	소속	참가 경기	골
2008년	성남 일화	13	2
2009년	전북 현대	36	26

내가 만약 지도자가 된다면 따르고 싶은 롤모델이 최강희 감독님이다. 감독님에게는 선수들이 가지고 있는 능력을 끌어내는 리더십이 있다. 선수들을 믿어주니 그에 부응하고 싶은 마음이 생긴다.

사람이 '이거 해라, 저거 해라' 시켜서 할 때와 '날 믿어주는 리더를 위해 이걸 해내야겠다' 스스로 마음먹고 할 때는 에너지가 완전히 다르다. 스스로 해내야겠다는 마음이 일어날 때는 자신의 한계를 뛰어넘어 한 단계 성장하기도 한다. 뭔가를 해도 힘들지도 않다. 전북 현대에서 그 리더십을 경험했다.

중간 관리자의 리더십

지금은 달라졌지만 내가 전북 현대에서 뛸 때는 주중에 주로 숙소 생활을 했다. 클럽하우스 시설은 엄청나게 좋았는데, 주변에는 아무것도 없었다. 그런 게 불편하기도 했지만 장점도 많았다. 주변에 뭐가 없으니 우리끼리 모여 어우러지는 게 일상이었다.

그라운드 안에서의 조직력과 경기장 밖에서의 응집력은 연결되어 있다. 축구는 개인 스포츠가 아니다. 내가 아무리 잘해도 팀의 분위기가 엉망이고 기록이 나오지 않으면, 실력을 제대로 펼칠 수 없다. 스트라이커가 골을 많이 넣어도 수비가 뚫려버리면 승리를 가지고 올 수 없고, 반대의 경우도 마찬가지다. 서로 도와주고 받쳐주지 않으면서 함께 뛰는 동료를 신뢰할 수 없다면, 아무리 뛰어난 선수라도 정신적으로든 체력적으로든 무리가 간다.

전북 현대 시절 선수들은 한 가족, 좋은 이웃 같았다. 서로서로 챙기는 문화가 있었다. 프로팀은 필요에 따라 들어오고 나가는 선수가 생긴다. 새로운 선수는 감독님이 필요하다고 생각해서 뽑은 선수일 테니 빠르게 팀에 적응하는 게 중요하다. 그런데 원래 있던 사람들이 등을 지고 있으면 들어올 수가 없다. 서로 어우러질 자리와 계기를 만들어야 한다.

시즌 시작 전 전지훈련을 가면 매년 신인 선수가 서너 명 포함된다. 프로에 처음 입단한 친구들이다. 전북 현대는 우승을 여러 번 했고 언제든 우승을 바라볼 수 있는 팀이며, 선배들은 다들 베테랑이다. 그런 사실은 어린 선수들을 주눅 들게 했다.

훈련 중 식사 시간이면 동그란 테이블에 일고여덟 명이 앉는데, 그때 꼭 내 옆에 새로 입단한 선수를 한 명씩 앉혔다. 나머지는 경력 많은 노장들이다. 그 사이에 앉아서 말도 해보고 밥도 같이 먹으면서 적응하면, 다른 선수들과 생활하는 데는 문제가 없어진다. 제일 어려운 사람들과 이미 적응했는데 나이 차이가 더 적은 선수들하고는 어울리는 게 한결 쉬워지는 거다.

어린 선수가 그런 자리에서 선배에게 먼저 말을 걸기는 어려우니 시작은 늘 우리가 했다. 집이 어딘지, 여자 친구는 있는지, 언제 축구를 시작했는지 그런 호구조사부터 해서 농담도 하고 훈련 중에 봤던 모습을 이야기하기도 한다. 그러다 보면 천천히 마음의 문을 열기 시작한다. 어린 선수들과 대화하기 위해 일부러 유행하는 노래가 뭔지 딸들에게 물어봐서 듣기도 하고, 책도 찾아봤다.

한 며칠 그렇게 하면 그 사람은 빨리 적응한다. 그러면 그 선수에게 다음에는 누가 이 테이블에 오면 좋을지 물어본다. 지목하는 선수가 있다면 '아, 애랑 개랑 좀 친한가 보네' 하고 신인들 사이의 관계를 파악할 수도 있다.

그 선수들이 잘 자리 잡기를 바라는 마음이었다. 앞으로 팀을 이끌어가야 할 선수들이기 때문에 프로선수로서 정말 바르게 성장하면 좋겠다는 생각이었다. 경쟁해서 누구를 없애야 내가 경기에 뛴다는 마음으로 다른 사람을 험담하는 일이 없었으면 했다. 그보다는 우리는 다 같이 한 팀이 되어서 뛴다는 사실, 그게 최선이라는 걸 밥 먹으면서 몸으로 느끼게 해주고 싶었다.

신인 외에도 다른 팀에서 뛰다 이적하는 선수들도 있다. 그들은 프로팀의 문화를 어느 정도 알고 있지만, 새롭게 전북 현대에 적응하는 게 필요했다. 그 당시 전북은 상위 팀이었기에 전북에 온다는 것은 잘하고 있고, 잘 풀렸다는 뜻이었다. 결혼을 하고 아이가 어린 경우가 많았는데, 신혼부부든 갓난아기나 초등학교 저학년 아이를 키우든 하는 정도의 나이였다. 나는 집들이를 하는 문화를 만들었다.

함께 가는 선수 열다섯 명이 돈을 모아 냉장고든 세탁기든 가전제품 하나 사라고 돈을 준다. 가족하고도 얼굴을 보고 이야기를 나누면 그 선수에 대해 더 알게 된다. 선수의 아내도 그렇게 남편의 팀 동료들을 만나면 안심하게 되는 면이 있다.

또 집들이는 나머지 선수들에게도 도움이 됐다. 열다섯 명이 한 번에 모여서 편하게 이야기를 나눌 수 있는 상황이 생각처럼 그렇게 많지 않다. 훈련을 하고 경기를 할 때는 그 순간에 집중하는 것이지 각자의 고민이나 생활, 생각을 나눌 수가 없다. 그런데 집들이라는 명목으로 모여 술 한잔

하다 보면 속에 있는 이야기가 나온다. 그러고 나면 운동할 때 분위기가 달라진다. 서로에 대해 잘 모르는 상태에서 뛰는 것보다 호흡 맞추기가 훨씬 좋다.

그래서 시즌 들어가기 전에 일부러 집들이를 많이 했다. 훈련 강도가 높아서 선수들이 힘들어 하는 게 보이면 집들이를 잡고 감독님께 이야기했다. "저희 이번 10일에 집들이 하려고 합니다. 11일은 훈련을 좀 천천히 하면 좋겠습니다" 그러면 감독님도 "그래, 알았다" 하시고는 그날은 놀 듯이, 레크리에이션 같은 방식으로 훈련을 바꾼다. 그러고 나면 12일에 훈련할 때는 다시 힘내서, 미친 듯이 열심히 한다. 그렇게 감독님은 전적으로 믿어주셨고, 나는 선수들이 선을 지키며 행복하게 축구할 수 있도록 돕는 역할을 했다.

외국인 선수가 들어와도 그들이 겪는 어려움을 알아서 더 챙겼다. 내가 외국에서 생활을 해보니 말 한마디 챙겨주는 게 그렇게 고맙게 다가왔었다. 그래서 외국인 선수가 우리 팀으로 오면 바로 다른 선수들과의 모임에 일부러 불러 같이 밥도 먹고 어울리며 안으로 들어올 수 있도록 도왔다. 그러다 보니 그 선수도 마음을 열고 가까워졌다. 운동장에서도 더 열심히 하는 모습이 보였다. 팀을 옮겨도 "동국이형" 하면서 따로 연락을 하기도 했다.

모든 구성원은 각자의 위치에서 할 일이 있다

조직 생활을 해보니 눈에 보였다. 잘하는 애들은 그냥 열심히 하도록 두면 된다. 그런데 모든 구성원이 그런 건 아니다. 잘 보면, 입이 튀어나올 만한 친구들이 보인다. 그럴 땐 그들만 불러서 다독이고 챙겨줘야 한다. 그렇게 필요한 곳에서 분위기 단속만 잘 해주면 어떤 조직에서든 탈 날 일이 없겠다는 생각이 들었다.

그래서 벤치 멤버를 챙기는 일도 중요하다. 경기를 가면 열한 명은 선발로 뛰고 벤치에 여섯 명 정도가 앉아서 대기한다. 그중 세 명이 교체로 들어가면 나머지 세 명은 같이 경기장까지 갔지만 뛸 수가 없다. 그들이 어떤 불만을 가지게 되는지, 어떤 부분이 힘든지 적어도 나는 이해할 수 있었다. 대부분 스포트라이트를 받으며 뛰었지만, 독일과 영국에서의 생활 그리고 한참 밸런스가 무너졌을 때 나 역시 그런 상황을 경험했기 때문이다.

그들은 팀이 이겨도 마냥 마음이 가볍지 않다. 팀에 대한 애정이 떨어질 수도 있고 자신을 써주지 않는 감독님에게 불만이 생기기도 한다. 그럴 때면 경기가 끝나고 따로 불러서 맥주 한잔 사면서 수고했다고 얘기해 줬다. 그 선수들의 이야기를 들어보고, 내 이야기도 들려줬다.

"형도 그런 적이 있었다. 근데 너도 이제 나이가 좀 들었으니까 하는 얘기인데 네가 그렇게 인상을 쓰고 있으면 후배들이 어떻게 생각하겠어. 경기에 못 뛰더라도 웃으면서 한 발짝 더 뛰고 열심히 해야지. 지금처럼 인상 쓰고 그러면 나중에 다른 선수들도 경기를 못 뛸 때 똑같이 할 거고, 그렇게 입 튀어나온 애들이 많으면 많을수록 팀이 어떻게 될지 뻔하잖아. 그 팀은 무너지는 거야. 경기에 못 뛰어도 다음 미팅 때 경기를 위해서 의견 낼 거 있으면 내고 할 얘기하자."

사실 내가 이런 역할을 할 수 있었던 것은 최강희 감독님의 믿음이 있었기에 가능했다. 전북 현대 안에서는 베테랑 선수들의 발언에 힘이 실렸다. 어느 미팅 때 이런 이야기를 하셨다. 스물한 살과 서른 살의 선수가 있고, 그 둘의 능력이 같다면 감독님은 노장 선수를 뛰게 하겠다고 말씀하셨다. 보통은 젊은 선수에게 경험을 쌓게 해주기 위해 우선 출전을 시키는데 감독님은 달랐다.

"어린 선수들은 9년 뒤에 노장 자리에 가지만, 노장은 1~2년 있으면 없어지는 선수도 있다. 이 선수들을 지켜야 한다."

당연히 고마웠고 책임감도 느꼈다. 스물한 살 어린 선수라면 당장 뛰지 못해도 베테랑들이 있기 때문에 당연하다고 생각할 수 있지만, 서른의 노장이 경기를 못 뛰면 다른 팀으로 가야 하나 아니면 얼마 있다가 은퇴를 해야 하나 그런 생각들을 하게 된다.

그렇다고 무조건 노장들만 챙기겠다는 뜻도 아니었다. 그들에게는 발언권을 가져야 하고, 몸소 실천해야 하고, 한 발 더 뛰어야 하고, 운동장에서 더 화이팅 넘치는 모습을 보여줘야 한다는 주문도 확실하게 하셨다. 그러면서 팀 안에서 체계가 잡혔다.

우리의 꿈은 전주가 축구의 도시로 불리는 것이었다. 그

런 꿈은 한두 명이 꾼다고 이루어지지 않는다. 당시 우리는 같은 꿈을 꾸고 있었다. 감독님은 나를 믿어주시고, 나는 또 거기에 부응하기 위해 노력했다. 후배들에게는 내가 편하고 친하게 지낼 수 있는 선배이면서도, 감독님에게 자기들의 목소리를 전해주기도 하니 믿고 따랐다.

스스로 따라가고 싶게 만드는 게 리더의 역할이라는 걸 이 시기에 배웠다. 그런 믿음이 서로 쌓이니 경기에서도 이길 수 있다는 분위기가 만들어졌다. 골을 먼저 허용하고는 지면서 시작해도 우리는 질 것 같지 않았다. 역전할 수 있다는 자신감이 생기고 서로 끈끈하게 도와주며 뛰는 응집력이 강했다. 다른 팀에서는 볼 수 없는 그런 고유한 분위기를 사람들은 전북 현대의 DNA라고 부르기도 했다.

그렇게 전북 현대는 K리그에서 2009년, 2011년, 2014년과 2015년, 그리고 2017년부터 2021년까지 우승을 차지하며 9회 최다 우승, 5회 최다 연속 우승이라는 위업을 달성한 최고의 클럽이 되었다.

날짜	리그 순위	코리아컵(FA컵) 순위
2009년	1	4강
2010년	3	8강
2011년	1	16강
2012년	2	8강
2013년	3	준우승
2014년	1	4강
2015년	1	16강
2016년	2	8강
2017년	1	32강
2018년	1	16강
2019년	1	32강
2020년	1	우승
2021년	1	16강

—

저 좀 그만 부르세요, 감독님!

2009년 전북 현대에 자리를 잡은 뒤, 일본이나 사우디아라비아 구단 등에서 몇 번 스카우트 제안이 오기도 했다. 고민한 적이 없다면 거짓말이다. 엄청난 연봉과 가족들을 위한 조건, 은퇴 이후를 위한 준비까지 온갖 것들이 포함된 제안을 받고 흔들리지 않을 사람이 얼마나 있을까.

에이전시와도 상의하고 아내와도 이야기 나누며 한참을 고민했다. 그러나 결론은 전북 현대에 남는 것이었다. 다시 전성기를 맞을 수 있도록 믿어준 감독님 얼굴도 떠올랐고, 이기든 지든 박수를 쳐주던 전북 현대의 팬들도 떠올랐다. 당연히 내가 계속 팀에서 같이 가야 한다고 믿는 분위기였다.

그런데 2018년 최강희 감독님이 팀을 떠났다. 그리고 모라이스 감독님이 2019년 부임했다. 많은 것이 바뀌었다. 선수들도 새로운 체제에 적응하기 위해 노력했고 감독님도 팀 분위기와 선수들을 파악하기 위해 애쓰셨다. 그 사이에서 나도 바빠졌다. 처음에는 선수들이 낯설어하고 힘들어하는 점들을 설명하고 설득하기 위해 내가 먼저 감독님을 찾아갔다. 그러다가 차츰 시간이 지나니 모라이스 감독님이 자꾸만 나를 부르기 시작했다.

모라이스 감독님이 부임하고 일본으로 전지훈련을 갔다. 감독님은 사소한 것까지 전부 체크하는 스타일이었다. 오전과 오후 훈련 전에 미팅을 하자고 했다. 하루에 두 번씩, 각 30분 동안 미팅을 했다. 크게 할 말이 없는데도 매일 두 번씩, 2주간 미팅을 했다. 평소 같았으면 식사 후 쉬거나 준비를 하는 시간이었다.

처음에는 며칠 하다가 그만하겠지 생각했는데 그럴 것 같지 않았다. 선수들이 힘들다고 나를 찾아와 하소연을 했다. 새로운 이야기가 있는 것도 아니고 그날 운동할 내용을 나누는데, 그건 운동장에서 훈련 때 해도 되는 거라 생각했다. 새 시즌을 앞두고 있던 시점이라 주장이 없어서 선수들이 나에게 와서 이야기들을 했다.

감독을 찾아갔다. 어차피 그즈음에는 매년 마지막 해라고 생각하고 뛰는 중이어서 부담이 없었다. 모라이스 감독님은 선수들이 지금 하고 있는 훈련 내용을 다 이해했는지 궁금해했다.

"다 이해했습니다. 우리 선수들이 K리그에서 몇 해째 연속 우승한 선수들이고 그만한 능력을 가지고 있습니다. 믿고 지켜봐 주세요"

감독님은 내 이야기를 듣고 미팅 시간을 줄이거나 생략했다.

선수들에게는 이렇게 말했다.

"감독님께 내가 이렇게 이야기했으니 운동할 때 더 집중해서 열심히, 화이팅 넘치게 해야 한다."

미팅을 없애고 훈련장에서 선수들이 몸 풀 때 더 기합을 넣으면서 격렬하게 뛰니 감독님도 마음에 들어 했다. 이렇게 서로 알아가고 맞춰갔다.

그렇게 잘 마무리됐다고 생각하고 있었는데, 그 뒤로도 감독님은 나를 수시로 불렀다.

"이런 포메이션을 지금 훈련해 보려고 하는데 선수들이 이해할까?"

불러서 물어보시니 나는 답을 할 수밖에.

"음… 제 생각에는 이해할 것 같은데요. 일단은 선수들하고 한번 해보면 알 것 같습니다. 해보시죠."

그렇게 답하고는 선수들에게 가서 미리 얘기해 뒀다.

"야, 오늘 이런 포메이션 한다는데 너네 집중하고 이해해라. 머리 긁고 모르겠다는 표정하고 있지 말고 집중해서 해보자!"

그렇게 전지훈련 한 달 동안 모라이스 감독님은 본인이 원하는 플레이를 할 수 있도록 훈련시켰다. 그때까지 팀이 해왔던 스타일과는 달랐다. 감독 스타일을 입히는 것도 필요하겠지만 우리가 잘하는 스타일도 있으니 그런 것도 완전히 버릴 수는 없었다.

은퇴를 앞둔 자의 용기

새로운 감독이 오면 감독 의견에 반대하고 나서기가 쉽

지 않다. 서로 신뢰가 있는 상태도 아니고 어떤 생각을 가지고 있는지 정확히 파악하기 힘드니 코칭스태프도 먼저 나서서 이야기하기 조심스럽다.

회사에 대표가 새로 왔는데 그 대표가 새롭게 추진하는 프로젝트나 근무 규칙을 처음부터 못 하겠다고 반대할 수 있겠는가. 그랬다가는 바로 눈 밖에 날 테고 힘들어질 것이 분명하니 그럴 수 있는 사람은 없다. 단, 어차피 나가려고 사표를 품고 있었거나 정년퇴직을 앞둔 사람이면 가능할 수 있다. 더 잃을 게 없는 사람, 그게 바로 나였다. 영화를 봐도 시한부 선고를 받은 사람은 거칠 것 없이 할 말 다 하고 살지 않나.

새로운 감독님은 한 번씩 K리그에서는 아직 적용하기 힘든 전술을 시도할 때도 있었다. 선수들도 이해하기 어려워 헤맸다. 연습을 반복해도 감독님이 원하는 게 잘 안 나왔다. 그러면 찾아가서 또 이야기한다. 우리나라는 그라운드도 다르고 K리그에서는 아직 이런 게 힘들다고, 우리 선수들이 진짜 열심히 해보려고는 하는데 이건 하기 어려울 수 있으니 다른 방법도 생각을 한번 해보셔야 한다고. 조심스럽지만 솔직하게 말씀드렸다.

그러면 감독님도 몇 번 시도를 해보고 내 말이 맞으면 수긍했다. 그러고는 다른 전술을 고민하며 다시 부른다. 부르면 들어가서 팬들이 좋아하는 경기 운영 방식을 말해 주기도 하고 우리 팀 강점을 알려줬다. 어쩌다 보니 전술 회의를 같이하고 있었다.

어찌 보면 코칭스태프는 감독을 뒷받침하고 감독의 생각에 맞춰 준비를 돕는 역할이다 보니 현실적으로 하기 힘든 말이 있다. 반기를 들었다가 문제가 생길 수도 있기 때문에 자신 있게 자기 속마음을 얘기 못하는 것인데, 나는 그때쯤 매년 올해가 진짜 마지막이라고 생각하고 있었기 때문에 할 수 있었다.

때로는 코칭스태프도 나에게 와서 감독님께 이렇게 설명해 달라고 하기도 했다. 선수들도 점점 하고 싶은 이야기는 나를 통했다. 감독님도 선수들에 대해 나와 상의하곤 했으니 중간에서 나날이 바빠졌다.

어려울 게 없으니 개인적인 요청도 했다. 나는 2017년과

2018년을 지내며 모든 훈련을 참가하기보다는 조절이 필요하다는 것을 느꼈다. 감독님에게 이야기했다. 체력적으로 힘든 훈련은 줄이고, 대신 따로 웨이트 트레이닝을 더 하면 좋겠다고, 이해해 달라고. 그러자 언제든 그렇게 하라는 반응이었다.

새로 부임한 감독이고 외국인 감독이니 어떻게 받아들일지 몰라 조심스러웠는데 순순히 그런 부분이 맞춰지는 걸 보고, 소통이 가능한 사람이구나 싶어서 마음이 놓였다.

전지훈련이 끝날 때쯤이었다. 감독님이 선수들이 다 모인 자리에서 주장을 선임하겠다고 하더니 나를 앞으로 불렀다. 이동국 주장 나오라고, 박수를 쳤다. 지금까지 해온 것들을 봤을 때 경험도 많고 완벽하게 주장 역할을 해줄 수 있을 것 같다고. 그런데 2019년은 내 나이 마흔이었다.

K리그에서 주장으로 할 일 중 상당 부분이 여기저기 불려 다니는 일이다. 클럽 행사, 기자 간담회, ACL 미디어데이, K리그 기자회견 등 온갖 행사를 다녀야 하는데, 내가 그런 자리에 다 참석을 할 생각을 하니 피로가 몰려왔다. 그래서 그건 좀 빼달라고, 다른 선수 한 명씩 데리고 가달

라고 부탁했다. 감독님도 내게 원했던 건 그런 역할이 아니고 선수들과 중간에서 커뮤니케이션하는 역할을 바란다고 했다. 그런 부분이라면 이전부터 내가 하고 있고, 책임감을 가지고 있던 역할이었기에 스스로도 문제 없었다. 서로가 원하는 바가 같았다.

결국 감독님도 선수들도 모두 소통을 원했다. 나 역시 소통이 중요하다고 일찍부터 깨닫고 부드럽게 해결하는 방법을 계속 찾아가고 있었다. 감독이 바뀌었지만 전북 현대는 흔들림 없이 그동안의 장점에 새로운 시도를 잘 버무리며 시즌을 끌어갔다. 2019년과 2020년에도 우승을 놓치지 않았다.

훈련은 농담과 함께

너무나 당연한 이야기지만 축구는 팀플레이다. 어릴 때는 내 실력을 올리고 당장 경기에서 내가 어떻게 해야 하는지에 대해 집중했다. 주변을 보는 시야가 넓지 못했다. 그러다 선수로서 오래 지내보니 응집력이 정말 중요하다는 걸 알게 됐다.

선수단의 분위기가 전부라고 해도 지나치지 않다. 개개인의 능력은 감독이 판단해서 영입해 채워 넣을 수 있는데, 분위기는 선수들이 만들어야 한다. 감독이 해줄 수 있는 부분은 한계가 있다.

분위기는 나이 많은 사람이 잡아줘야 한다. 꼰대처럼 이래라저래라로 딱딱하게 가르치는 게 아니라, 상대가 받아들일 수 있게 장난하듯 해야 좋다고 본다. 그래서 뭔가 하고 싶은 말이 있을 때는 가능한 한 농담과 함께했다.

훈련을 할 때도 마찬가지다. 내가 너무 심각하게, 강하게 이야기를 하면 오히려 분위기가 경직된다. 부정적인 감정 표현은 될 수 있으면 안 하려고 했다. 장난스럽게 대화를 했다.

"축구를 잘하려면 어떻게 해야 한다고 생각해?"

후배들에게 물어보면 드리블 잘하는 사람, 패스를 잘하는 사람, 골을 잘 넣는 사람 그런 대답이 나온다. 그러면 나는 "야, 축구 잘하는 거는 있잖아, 너보다 잘하는 사람한테 빨리 주면 돼. 그럼 잘하는 사람이 누구야? 형이야! 그러면 너 볼 잡으면 누굴 봐야 돼? 형을 봐야 돼" 하고 가벼운 분위기로 이야기했다.

스스로를 낮추기도 하면서 이야기했다.

"만약에 옆에 이재성이 있어. 어, 형은 볼 빼앗아서 잡잖아? 그럼 재성이만 봐. 나보다 공 잘 차니까."

장난 속에 약간 뼈가 있는 말이다.

"막 하다가 주위 보는데 너보다 잘 차는 사람 없지? 그럼 네가 제일 잘 차고 있는 거야. 그대로 네가 차면 돼."

이러다 보면 연습경기 때 다들 웃으면서 이 이야기를 적용한다. 누가 드리블을 오래 하고 가면 자기들끼리 "야, 잘하는 사람 줘라. 빨리", "저기 잘하는 사람 있네. 줘라."

진지하게 직설적으로 말을 하고 잘잘못을 따지면 기분이 나쁠 수 있다. 그러나 유머러스하게 더 좋은 경기를 위한 방법을 전달하면 잘 받아들인다.

경기나 훈련 중에 부딪히고 넘어져서 아파하고 있으면 관심과 농담을 함께 줬다. 치료 받고 있으면 내가 다가가 한마디 하는 것도 후배들은 관심으로 받아들였다. "보자, 보자, 얼마나 부었나 보자."

살짝 부어 보이는 가벼운 부상이라면 웃으면서 "야, 그건 이틀짜리다! 안 아프다, 다 나았다, 벌써 나았다" 하고 툭툭 어깨도 두드렸다. 그러면 정말 금방 스스로도 별거 아니라는 듯이 툭툭 털고 일어난다.

경기장에서는 모두 똑같은 프로선수다

열아홉 살에 프로에 데뷔하고 국가대표팀에 들어갔을

때 선배들과 같은 공간에 있는 것만으로도 긴장되고 어려웠다. 그런데 경기에 들어갔는데 그 어려운 마음을 그대로 갖고 뛰어서는 안 됐다. 그런 틀을 깨고 싶었다.

전북 현대에서 뛸 때는 내가 삼사십 대였으니 후배 중에는 열 살 이상 차이가 나는 선수도 있었다. 그 선수들이 초등학생 때도, 어쩌면 그 이전부터 나는 계속 프로로 뛰고 있었으니 처음에는 내가 부담될 것이다. 당연한 일이다. 그런데 내가 자학 개그도 하고 몸 개그도 하고 그러면 그냥 웃기고 편해진다. '동국이 형도 별반 다름없는, 우리랑 똑같은 사람이네' 하며 분위기가 풀어진다.

그동안의 경력이 대단한 사람이라서 따르는 게 아니다. 팀 안에서 감독님 신뢰를 받는 사람인데, 우리를 이해해 주고 팀 전체를 위하고 있다고 몸으로 느끼니 자연스럽게 따르는 것이다. 농담은 내가 가진 것을 먼저 내려놓는 마음에서 시작된다. 사람과 사람을 더 단단히 연결해 준다.

선택은 어떻게 완성되는가

| 선택은 언제나 결과를 알 수 없기에 어렵다.

그래서 최선을 다했다.

| 내 선택을 후회하고 싶지 않았다.

| 선택 하나로 모든 일이 엉망이 되지는 않는다.

조금 다른 길로 갈 뿐이다.

| 그 덕에 세상이 더 넓어질 수도 있다. 인생이라는

책에 담을 재미있는 이야기 하나를 얻을 기회가

되기도 한다. 성공담만 가득한 책은 지루하다.

인생은 수많은 선택의 총합이다.
_ 알베르 카뮈

Life is a sum of your choices.

_ Albert Camus

언제나 어려운 선택

기회는 종종 예상치 못한 순간에 찾아온다. 준비된 순간 기회가 온다면 결정이 쉽겠지만 준비가 부족하더라도 선택은 해야 한다. 도전할 것인가, 더 준비할 것인가.

언제나 최상의 상태로 경기에 나설 수 있도록 준비하자고 마음먹었다. 하지만 부상은 예상할 수 없을 때 닥쳤다. 그때마다 부상도 선수 생활의 일부라 생각하며 잘 회복해 몸을 만들고 다음을 준비하는 데 집중했다.

2006년 독일에서 십자인대 수술과 재활을 하고 10월에 포항으로 돌아왔다. 수술도 잘 됐고 재활도 열심히 했으나 6개월을 쉬었으니 컨디션이 다 올라올 수는 없었다. 그런데 그때 기회가 왔다. 영국 프리미어리그였다.

에이전트가 보내두었던 영상을 본 미들즈브러에서 연락을 해왔다. 2005년 영상을 보냈던 터라 수술 후 어떤지 직접 몸 상태를 보고 싶다고 했다. 2007년 1월 영국으로 날아가 2주간 같이 운동을 했고 컨디션을 확인한 후 계약까지 하게 되었다.

그때 미들즈브러에는 현재 잉글랜드 국가대표팀을 맡고 있는 사우스게이트 감독이 있었다. 그가 선수 생활을 마치고 감독으로 새출발을 한 첫해, 처음으로 영입한 선수가 나였다. 또 K리그에서 프리미어리그로 직행한 첫 번째 선수이기도 했다. 다들 높은 관심을 가지고 지켜봤다.

영국 프리미어리그는 세계 최고의 선수만 오는 곳이다. 축구 선수라면 누구나 꿈꾸는 무대이고 용병 수 제한이 없으니 스트라이커든 수비든 모든 포지션에 최고의 선수만 있다. 사실 그때 나는 머릿속으로 2004년과 2005년 최고의 기량일 때의 경기력을 생각하고 있었다. 그러나 몸은 그렇지 않았다.

데뷔전에서 찬 볼이 골대를 맞추며 강한 인상을 남겼고 제법 괜찮은 시작이었다. 그러나 이후 제대로 된 실력이 나

오지 않았다. 부상 직전의 컨디션이었다면 한번 해볼 만했을 것이다. 하지만 재활 후 훈련이나 경기로 몸을 만들 수 있는 시간이 부족했다.

최고의 선수들이 최고의 컨디션으로 매일 치열한 경쟁을 하고 있는 프리미어리그. 그런 곳에서 당시 나의 컨디션으로는 자리를 잡기에 부족했다. 하지만 해외 리그에서 제대로 뛰어보고 싶다는 마음을 오랫동안 가지고 있었기에 기회가 왔을 때 냉정하기 힘들었다. 이 기회를 놓친다면 다시 내게 기회가 올까, 라는 생각도 들었다. 금방 경기력을 회복할 수 있을 것 같았다.

은퇴를 준비하던 시점에 나는 자연스레 선수 생활을 돌아보게 되었다.

'그때로 돌아간다면 나는 어떤 선택을 했을까?'

한 1~2년 더 준비하고 갔다면 낫지 않았을까. 그러나 이런 생각은 사실 결과가 나온 뒤에 할 수 있는 것이다. 당시에는 충분히 할 수 있다고 생각해서 결정했었다. 독일에서의 경험이 있어 실패해서는 안 된다는 마음이었지만 마음같이 되지 않았다.

깊어질 것인가, 넓어질 것인가

살면서 끊임없이 선택의 순간을 만났다. 돌아보면 아쉬운 선택이 가장 먼저 떠오른다. 정보도 없던 상태에서 이적팀을 결정했던 독일행, 내 상태를 객관적으로 판단하지 못했던 영국행, 그리고 사람들은 '이동국 혹사의 시기'라고 부르는 20대 초반 등 몇몇 순간들. 하지만 선택은 언제나 결과를 알 수 없기에 어렵다.

그러나 모든 선택이 나쁘기만 했던 것도 아니다. 초등학생 때 감독님의 스카우트 제안을 받아들인 것도 결국 선택이다. 그 선택이 없었다면 나는 평생 축구를 하지 못했을 것이다. 고민 끝에 〈슈퍼맨이 돌아왔다〉를 찍기로 한 것도 좋은 선택이었다. 덕분에 아이들이 자라는 시간을 놓치지 않고 친해질 수 있었다. 나이가 많다는 이유로 성남 일화를 나와 새로운 팀을 찾아야 했을 때 전북 현대를 선택했다. 최선의 선택이었음을 증명하려 열심히 뛰었다. 그렇게 축구 인생에서 가장 값진 순간들을 마지막까지 만들 수 있었다. 결과를 알 수 없기에 최선을 다했다. 내 선택을 후회하고 싶지는 않았다.

이 역시 모두 지나간 뒤라 할 수 있는 이야기인데, 미들즈브러에서 보낸 시간도 어떤 면에서는 내게 꼭 필요한 시간이었다. 나는 그 시기를 말할 때 1년 반 유학 생활을 하고 왔다고 한다. 이십 대에서 삼십 대로 넘어가는 시기였다.

내 옆에는 아내가 있었고 그즈음 첫 쌍둥이 재시와 재아가 태어났다. 함께 유아차를 밀며 산책을 하고 장을 봐서 한 식탁에 앉아 평범하게 밥을 먹었다. 우연히 알게 된 한국인 이웃과 친구가 되어 가족끼리 어울려 지내 외롭지 않았다. 감독님과 동료들도 잘 챙겨주었다. 축구 선수로만 살아오다 인간 이동국으로 인생을 바라본 시간이었다.

선수로서 최고점, 가장 잘해야 하는 시기임에도 많은 경기를 뛰지는 못했다. 심적으로 힘들었지만 삶이 무너져 내릴 일은 아니었다. '축구 선수'라는 것이 직업이지 나의 모든 것은 아니라는 것을 느끼기 시작했다. 누구나 직업을 갖고 있듯 나 역시 하나의 일을 하고 있고 그게 '축구'라는 생각을 했다.

가족과 함께 삶이 단단해지니 축구 선수로서의 커리어가 흔들려도 오래지 않아 중심을 잡을 수 있었다. 벤치에 앉아 동료의 활약을 지켜보아야 했던 경험 덕분에 동료와 후배, 선배를 더 이해하게 되었다. 영국에서 나는 정신적으로는 더 성장했다고 생각한다.

　선택은 어렵다. 그렇지만 두렵지는 않다. 아무리 준비하고 잘 판단해서 선택해도 기대했던 결과를 얻지 못할 수 있다. 그렇다고 선택 하나로 모든 일이 엉망이 되지는 않는다. 조금 다른 길로 갈 뿐이다. 그 덕에 세상이 더 넓어질 수도 있다. 인생이라는 책에 담을 재미있는 이야기 하나를 얻을 수 있는 기회가 되기도 한다. 성공담만 가득한 책은 너무 지루하다.

열여덟부터 마흔한 살까지를 그라운드
위에서 보냈다. 2020년까지 내가 선수로
뛸 거라고는 정말 생각하지 못했다.

1998년 프로구단에 입단해 1990년대,
2000년대, 2010년대, 2020년대, 이렇게
40년대를 뛴 선수가 되었다.

한 해 한 해 "올해가 마지막 해"라고 말하고,
그런 마음으로 뛰었다.
그렇지만 진짜 마지막이 언제일지는
미리 알 수가 없었다.

다음 생에는
은퇴 없는 일을 하고 싶다

2020년을 시작할 때 그런 생각은 어렴풋이 했다. 등번호 20번을 달고 뛰었으니 2020년에 딱 은퇴를 하면 의미가 있겠구나. 그러나 한편으로는 몸이 괜찮아서 조금 더 할 수 있지 않을까 싶기도 했다.

2018년까지 10시즌 연속 두 자릿수 득점을 이어갔고 2019년에도 공격 포인트는 두 자릿수였다. 풀타임을 뛰지는 않았지만 필요할 때 들어가서 골을 넣으니 경쟁력은 충분하다고 느꼈다. 반응 속도나 스피드는 떨어지지만 골대 앞에서 넣는 기술이 있어 제 몫을 할 수 있겠다고 생각했다.

그런데 2020년 시즌 시작을 앞두고 코로나19가 찾아왔다. 전 세계 모든 스포츠 경기가 중단됐다. 개막도 못한 채

하루하루 시간이 흘렀다. 어린 선수에게는 앞으로 뛸 수많은 경기 중 일부였겠지만, 나는 달랐다. 내 축구 인생에서는 뛸 수 있는 경기가 몇 남지 않은 상황이었다.

막연한 기다림 속에 두 달이 흐르고, 5월이 되어 무관중 경기로 개막전을 했다. 팬데믹 후 전 세계 프로 축구 리그 중 첫 경기였고, 세계 수십 개 나라에 생중계되었다. 개막전에서 나는 교체로 들어가서 후반 종료를 얼마 안 남기고 결승골을 넣었다. 중계를 보던 다른 나라 사람들이 "골을 넣은 선수 나이가 잘못 나온 것 같다", "41세 선수라고?" 하며 놀랐다고 한다.

시즌 시작이 늦어지긴 했지만 그해 여름까지 나는 열한 경기 4골을 기록하며 순조롭게 상반기를 보냈다.

그러다 연습 중 내측 인대 부상이 왔다. 재활을 하는 중에 나도 모르게 조바심이 올라왔다. 빨리 복귀하려고 한여름 땡볕에 나가 운동을 했다. '빨리 복귀해야 하는데, 부상 때문에 마무리를 못하고 끝나면 어쩌나' 이런 생각이 자꾸만 머릿속을 맴돌았다.

어느 날 거울을 보다 초조해 하고 있는 내 모습을 발견

했다. 부상이나 재활의 고통보다 그런 모습의 나를 보는 게 더 참기 힘들었다. 다시 선택의 시간이었다. 내가 순리를 따르지 못하고 내려놓지 않고 있음을 깨달았다.

힘들어하는 모습을 묵묵히 옆에서 지켜보던 아내도 같은 생각을 하고 했던 것 같다. 은퇴를 고민 중이라고 이야기하자 아내는 이렇게 말해 주었다.

"박수 칠 때 멋있게 떠나자. 은퇴하고 새로운 일, 할 수 있는 게 또 얼마나 많은데."

덕분에 결심을 굳혔다.

은퇴의 날

2020년 11월 1일 전주 구장에서 축구 선수로서 마지막 경기를 뛰었다. 그날 경기 뒤에 은퇴식이 준비되어 있기도 했지만, 결과에 따라 팀의 우승이 결정되는 날이기도 했다. 고맙게도 모라이스 감독님은 내가 선발로 뛸 수 있도록 배려해 주었다.

'마지막이라고 욕심 내지 말자. 평소와 똑같이 준비한 것

만 하자. 팀 우승이 달린 경기다.'

뛰는 동안 속으로 계속 생각했다. 힘껏 뛰다 경고도 하나 받고 골대 앞에서 슈팅도 몇 번 하며 마지막 경기 90분 풀타임을 뛰었다. 다행히 조규성 선수가 두 골을 넣어 우리 팀은 그날 승리를 가져왔다.

경기 종료 휘슬이 울리고 우승이 확정되자 벤치에서도 다들 달려 나왔다. 운동장 안팎에 있던 모두가 환호하던 그 순간 나는 그라운드에 주저앉고 말았다. 마지막 경기에 아낌없이 온 힘을 쏟아붓고 나니 근육 경련이 왔다. 아쉬움도 후회도 없는 경기였다.

그날 관중석은 예매 시작과 함께 빛의 속도로 매진되었다고 한다. 우승 세레머니 후 은퇴식이 이어져 시간이 제법 흘렀는데도 팬들은 비를 맞으며 자리를 지키고 기다려 주었다. 유니폼을 입고 축구화를 신고 운동장에 서서 관중석을 올려다보는 일도 이제 마지막이라 생각하니 조금 울컥했다. 그 모습을 오래 기억하고 싶어서 천천히 돌아보며 눈에 담아 두었다.

그 많은 사람들이 내 등번호가 새겨진 유니폼을 꺼내 들고, 입고 서 있었다. 10년도 넘은 오래된 유니폼부터 최근 유니폼까지, 전북 현대와 함께한 긴 시간이 느껴졌다.

은퇴식을 준비하며 울지 말자고 다짐했다. 선배는 물론 후배의 은퇴도 그동안 많이 봐왔다. 그때마다 사람들이 우는 모습에 '난 저렇게 울지 말아야지' 하고 생각했다. 은퇴식은 그동안 이뤄낸 일들을 축하받고 앞으로의 길을 축복받는 자리라 생각한다. '마지막'이라는 단어가 붙어서 사람을 슬프게 하지만 또 새로운 시작을 하는 자리이니 웃으면서 기쁘게, 당당하게 떠나고 싶었다.

은퇴식이 시작되고 그라운드에 아내와 아이들 그리고 부모님과 함께 나란히 섰다. 마이크를 들고 말을 하려는 순간, 전광판에서 노래가 흘러나왔다. 아이들과 아내가 나도 모르게 준비한 영상이었다. 아이들이 입을 모아 부른 노래와 메시지, 그동안의 사진과 영상이 흘러나오자 웃으면서 하자는 다짐이 흔들리기 시작했다.

그래도 영상을 보기까지는 잘 참았는데, 부모님께 인사를 전하려는 순간 목이 메여 왔다. 은퇴식 전날 아버지와 마주 앉아 이야기를 나눴다. 23년간의 선수 생활을 접고 은퇴하는 마음에 대해 설명을 드리는데, 아버지께서 나의 이야기를 정정해 주셨다.

"왜 23년이라고 그래? 나는 축구 선수 아빠로 32년을 살았어. 초등학교 4학년 때부터 너는 축구 선수였고 나는 축구 선수 아빠였어. 너는 32년을 선수 생활을 한 거야. 그리고 네가 은퇴를 하면서 나도 축구 선수 이동국 아빠로서는 이제 은퇴다."

이야기를 듣던 순간은 담담했는데, 은퇴식에 서 있으니 온갖 감정이 쏟아져 들어왔다.

그러고 나서 팬들에게 감사 인사를 하다가는 자꾸만 울음을 삼켜야 했다. 내가 팬들에게 받은 사랑을 어떻게 표현할 수 있을까. 대표팀 경기만이 아니라 클럽 경기에서도 이렇게 많은 팬들로부터 뜨거운 사랑을 받을 수 있다는 걸 경험하게 해준 소중한 사람들이었다. 나는 감정이 복받치면 말을 할 수 없다는 사실을 그날 처음 알았다.

2017년에 K리그 통산 200골을 기록했다. 2018년에는 70득점과 70도움을 달성한 K리그 70-70 클럽에 들었고, 2019년에는 전북 현대 통산 200골을 기록했다. 모두 K리그에서는 최초의 기록이고 아직까지는 유일한 기록이다.

다른 선수들도 다 그렇지만 기록을 목표로 "내가 200골 넣어야겠다"는 생각을 하며 뛴 적은 없다. 그랬다면 벌써부터 포기하고 싶었을 것이다. 그냥 한 골 한 골, 한 경기 한 경기 신경을 썼을 뿐이다. 매번 앞에 있는 경기를 준비하며 달리다 보니 기록에 근접해 있었다.

기록을 축하받을 때면 그동안 같이 뛰었던 선수들이 떠오른다. 그렇게 골을 넣기까지 같이 뛴 선수가 얼마나 많고, 내게 어시스트를 해준 선수도 얼마나 많겠는가.

축구 선수 이동국으로 은퇴를 하는 날, 그라운드 밖에서도 내게 어시스트를 해준 이들 있음을 새삼 깨달았다. 부모님은 32년 동안 기록으로도 남지 않는 도움을 나를 향해 끊임없이 보내셨다. 뒤늦게 들은 이야기이지만, 아버지는 내가 처음으로 은퇴를 하겠다는 말을 건넨 날 조금은 당혹스러운 마음이 드셨다고 한다. 혼자 방으로 들어가신 후에 든 생각이 '지금 내 나이가 몇이지?'였다고. 초등학교 4학년, 내가 축구를 시작한 이후로 아버지 개인의 삶은 없던 것과 마찬가지였다. 어떻게 세월이 흐르는지, 어떻게 나이가 드는지도 모르게 곁에서 뒤에서 축구 선수 이동국의 아버지

로 살아오신 거였다.

아내는 다섯 아이를 키우며 분주히 오고 갔다. 아이들을 돌보고 생활을 챙기지 않았다면, 인생이라는 경기에서 내가 제대로 뛸 수 있었을까 싶다. 우리 가족들도 축구 선수 가족으로서 나와 함께 뛰고 있었다. 아이들도 아내도 영상을 만들며 모두 계속 울었다고 한다. 그러니 내 은퇴가 나 혼자만의 은퇴가 아니었다.

나는 다른 선수들보다 훨씬 오래 뛰었다. 그러나 인생 전체에서 보자면 은퇴하기에는 너무 이른 나이라고 생각한다. 은퇴라는 말은 너무 슬프다. 다음 생에 태어나 선택할 수 있다면 은퇴 없는 직업을 갖고 싶다. 내가 좋아하는 일을 평생 죽기 전까지 할 수 있으면 좋겠다.

그리고 경쟁 없는 일을 하고 싶다. 1등과 2등이 나눠지지 않는 삶, 승부를 가릴 필요 없는 삶을 살고 싶다. 그래서 은퇴 후 3년의 시간은 최대한 경쟁이 없는 일을 하고자 노력했다.

초등학교 4학년, 열 살에 축구를 시작할 때는 은퇴의 순간 같은 건 당연히 떠올리지 않았다. 내가 오르고 싶은 경기를 늘 머릿속에 그렸었다. 꿈꾸듯 뛰었고 많은 사랑을 받았다. 그 시간에 오래 머물고 싶어서 모든 순간 노력했다. 그래도 영원할 수는 없었다.

23년, 아니 32년이 지나고 종료 휘슬이 울렸다. 이제 경기는 끝났다. 하지만 인생은 많이 남아 있다. 축구화를 벗고 그라운드 밖으로 나와 새로운 길을 찾아야 할 시간이 되었다.

나의 평생 소속팀,
가족

은퇴를 하고 집에서 보내는 시간이 느니 그동안은 보지 못
했던 아이들의 모습이 눈에 들어오기도 한다. 축구를 할 때
한 팀이어도 포지션이 다 다르고, 포지션이 같아도 장점이
다 다르듯이 다섯 아이도 집안에서의 역할이나 성격, 잘하
는 것, 좋아하는 게 다 다르다.

재시는 꿈이 확고한 아이다. 어려서부터 패션 디자이너
를 꿈꿨다. 디자이너가 되기 위해서는 직접 옷을 입어보고
무대에 서보는 경험도 하면 도움이 될 거라 생각했다. 운
좋게 기회가 와서 모델로 무대에도 올라가 봤다.

확실한 꿈이 있으니 그에 맞춰 공부하라고 홈스쿨링을
했다. 좋아하는 일을 잘할 수 있도록 도와주자며 아내가 먼

저 제안했다. 재시도 자기 목표를 가지고 검정고시도 준비하고 패션 공부도 즐겁게 하고 있다.

운동선수의 부모가 되어보니

결혼하기 전부터 아내에게 종종 이런 이야기를 했었다.

"아들이 생긴다면 축구를 시키고, 딸이 생긴다면 테니스를 시키면 어때?"

스포츠 종목 중 테니스는 여자들이 하는 모습이 너무 멋져 보였다. 프로선수들을 봤을 때 남자 선수와 인기나 상금도 차이가 별로 나지 않는 종목이 테니스였다. 또 박세리 선수나 김연아 선수 같은 세계 최정상의 테니스 선수가 아직 한국에서는 나오지 않았으니 도전해 보면 좋을 것 같았다.

그 길을 재아가 일곱 살부터 걸었다. 재시는 조금 하다가 힘들다고 하지 않겠다고 하는데 재아는 한 번이라도 더 공을 치고 싶어 했다. 새벽같이 일어나 운동하는 나를 따라나서기도 했다. 태어나기도 전에 내가 정해 두었다 생각했지만, 재아는 스스로 테니스에서 재미를 찾았다.

해외 곳곳에서 열리는 주니어 대회를 찾아다니며 열여섯 살까지 10년을 쳤다. 그렇게 주니어 랭킹 1위까지 올랐는데 무릎이 말썽이었다. 무릎 슬개골 탈구 부상이었다. 병원에서는 재아의 무릎 형태가 선천적으로 달라 일반적인 생활은 괜찮지만, 테니스를 했을 때는 이와 같은 부상이 계속 있을 수 있다고 했다.

"이런 상태로 테니스를 하기 쉽지는 않을 것 같아요. 그래도 꼭 하겠다면 근력을 많이 키워야 합니다."

첫 무릎 수술을 하고 의사 소견을 들은 아내는 테니스를 그만 시키자고 했다. 무릎의 수술 자국을 보면 나도 가슴이 아팠지만 그래도 10년간 해온 것을 생각하면 이렇게 포기하기에는 아까운 마음이 컸다. 재아 마음도 그랬다.

그런데 재활을 하고 다시 운동을 하다 같은 부위를 또 다쳤다. 그래도 한 번 더 해보면 좋겠다는 나의 의견과 재아의 의지가 맞아 와이어로 연결하고 나사를 박아 넣는 수술을 했다. 지난번보다 더 큰 수술이었다. 그리고 다시, 재활 운동 중에 문제가 생겼다.

재아의 승부욕이나 끈기를 볼 때면 나를 닮았나 싶어 내심 흐뭇했다. 그러면서도 다른 건 다 닮아도 부상은 닮지 않기를 바랐다. 그런데 아직 10대인 아이가 무릎 때문에 세 번이나 수술을 했다. 세 번째 수술을 한 후, 결국 테니스를 그만두기로 했다.

재아가 테니스 선수로 은퇴 인사를 남긴 SNS 글을 나는 조금 뒤늦게 봤다. 글을 읽는데 울음이 터졌다. 아이가 좋아서 한 운동이지만, 실은 태어나기 전부터 내가 선택한 종목이었기에 내 잘못이라는 생각이 들었다. 내 부상에는 그렇게 마음이 무너지지 않았는데, 달랐다. 재아에게 전화를 해서 미안하다는 이야기를 반복하며 울었다. 재아는 오히려 "뭐가 미안해. 아빠 잘못 아니야. 괜찮아. 그만 울어" 하며 담담하게 나를 달래주었다.

재아는 테니스가 아니더라도 운동은 계속 하고 싶어 해서 골프로 전향했다. 뒤늦게 시작했지만 테니스를 치며 운동해 둔 덕분에 드라이버 비거리가 프로선수 못지않게 나온다. 아직 정교함은 부족하지만 같이 운동하는 친구들 중 가장 일찍 나가서 누구보다 늦게까지 연습을 하고 있다. 노력하는 모습이 기특하고 고맙다. 재아는 조금 느리게 익혀도 꾸준히 성실하게 밀어붙이는 힘이 있어서 뭐든 목표한 일을 이뤄낼 거라 믿는다.

비슷하면서 다른 아이들

설아와 수아도 재시와 재아 만큼이나 서로 달라서 어떻게 자랄까 궁금하다. 설아는 꾸미는 걸 좋아하고 수아는 먹는 걸 좋아한다. 설아는 재시 언니가 롤모델이라 언니 옷과 화장품에 관심이 많다. 재시 어렸을 때와 비슷해서 보고 있으면 재미있다.

수아는 꾸미는 데는 관심이 없고 노래 부르는 걸 좋아한다. 우리 식구 중에는 노래 잘하는 사람이 없어서 신기하다. 하지만 골프를 해보면 힘이 좋아 비거리가 성인 남자만큼 나온다. 재능이 보여서 운동을 하면 좋겠다고 내심 생각한다. 그래도 자기가 하고 싶은 일을 후회하지 않을 때까지 해보는 게 필요하니 지금은 노래하고 악기 배우며 취미로 골프를 치고 있다.

설아 수아는 이제 5학년이니 즐겁게 생활하며 자기 길을 찾기를 기다리는 중이다. 아이들이 즐겁게 하고 잘할 수 있

는 일을 찾아주고 도와주는 것이 부모 역할이라고 생각한
다. 아직 꿈을 찾지 못했다면 몇 가지 제안을 해주고 경험
을 해보도록 도와줄 수 있지만 억지로 시킬 수는 없다.

막내 시안이는 위의 누나들과는 또 다른 아이다. 운동 신
경이 너무 좋아 어떤 스포츠든 빠르게 익히고 한 단계 올라
간다. 나와 다른 점은 공부도 운동 못지않게 잘한다는 것이
다. 아내랑 함께 보면서 "어떻게 우리 애 중에 이런 애가 태
어났지?" 이야기하곤 한다.

시안이의 꿈은 축구 선수다. 그것도 전북 현대 선수로 뛰
는 게 목표다.

"시안아, 맨체스터 유나이티드 갈래? 파리 생제르맹 갈
래? 전북 현대 갈래?"

물으면 망설임 없이 답한다.

"전북 현대! 전북 가서 아빠 등번호 20번을 내가 달 거예
요."

시안이는 유튜브에서 내가 예전에 넣었던 골 장면을 찾
아보곤 한다. 나도 보지 않는데.

운동을 하더라도 은퇴 없고, 부상 위험이 적은 종목을 했

으면 좋겠는데 축구가 좋다고 해서 갈등이다. 축구는 어떤 길인지 내가 너무 잘 알아서 선뜻 시키지 못하고 취미반에서 일주일에 세 번만 뛰게 한다. 축구를 하는 만큼 골프도 치면서 아직은 두루 가능성을 열어두고 있다.

테니스 세계 최강자 라파엘 나달 선수도 초등학교 때까지는 테니스랑 축구를 병행 했다고 한다. 그러다 삼촌 권유로 중학교 때부터 테니스를 선택해 집중했고 세계 최고 선수가 되었다. 시안이도 언젠가 하나를 선택해야 하겠지만 초등학교 4학년인 지금까지는 미뤄두고 있는 상황이다.

프로선수로 사는 동안은 일상의 모든 시간을 운동에 맞춰 생활했다. 최상의 컨디션을 위해 충분히 자고 일어나서 운동하고 밥 먹고, 운동하고 밥 먹고, 또 운동하는 그런 일상이었다. 그러다 운동을 그만두고 나니 그동안 몸에 배인 루틴이 사라져 한동안은 적응이 잘 안 됐다.

팀 생활을 하다가 소속이 사라져 허전하기도 했다. 그러다 문득 주변을 보니 다섯 아이와 아내가 이전과 다르게 보였다. 그동안은 나를 위해 가족들이 배려했다면 이제는 가족들을 위해 내가 할 수 있는 일을 하고 지원해야 할 때가

아닐까 한다. 여지껏 내 몫까지 책임지며 홀로 가정을 챙겨
온 아내에게 고마운 마음이 크다. 이제 가족은 내가 최선을
다해야 할 유일한 내 소속팀이다. 가족과 함께하는 일상에
새롭게 적응하고 있는 중이다. 아이들이 자라며 어떤 꿈을
꾸고 펼칠지 궁금해하고 기대하면서.

시행착오가 있더라도
선택은 해야 한다

은퇴를 생각하면서부터 두려웠다.

'이제 무엇을 해야 하나.'

축구만 해왔는데 다른 일을 찾으려니 막막했다. 그동안 벌어둔 돈으로 생활하면 되지 않나 생각하는 사람들도 많을 것이다. 은퇴하던 해에 설아와 수아가 초등학교 1학년, 시안이는 아직 학교도 들어가지 않았다. 재시와 재아도 성인이 되고 독립을 하려면 시간이 꽤 남아 있었다. 아이들이 하고 싶은 일을 할 수 있도록 지원하고 싶은 마음은 나 역시 다른 부모들과 다르지 않다.

가장으로서 경제 활동을 계속해야 한다는 부담, 어떤 일을 하면 좋을까 하는 혼란스러움이 있었다. 그래도 열심히 달렸던 덕분에 조금 쉬어갈 여유는 누릴 수 있었다. 아내에게 3년 정도 시간을 달라고 했다. 그동안 축구만 했으니 안해 봤던 일들을 하고 싶었다. 시행착오도 있겠지만 직접 부딪치고 해봐야 나에게 맞는지 맞지 않는지 알 수 있을 것 같았다. 고맙게도 아내는 은퇴 후 지난 몇 년간 내가 무엇을 하든 믿고 기다려 주었다.

은퇴하고 했던 일 중 하나가 축구 해설이다. 익숙한 K리그도 아닌 유로 2020 해설이 첫 시작이었다. 시차로 인해 새벽 3시, 4시에 중계를 했다. 새벽 중계를 볼 정도면 열성적인 축구팬일 테고 유럽 리그에 대해 나보다 더 많이 알고 있는 시청자가 대부분일 것이다. 나도 해설을 하려면 공부를 해야 했는데 일부러 새벽 2시에 일어나 공부했다. 나름의 시차적응이었다.

외국 선수 이름은 외우기도 힘들고 입에 잘 안 붙었다. 해설을 위해서는 선수 개개인의 능력이나 팀의 특성, 여러 팀 사이의 관계 등을 조사하고 기억해야 할 정보가 많았다. 그리고 경기를 보면서 자연스럽게 이런 정보가 나오려면 축구 선수 시절 훈련할 때 못지않은 반복 훈련이 필요했다.

대표팀 경기가 있을 때면, 무엇보다 코로나19로 현지에 가서 중계할 수 없는 상황이라 어렵기도 했다. 현장에서 중계를 하면 그라운드는 물론 벤치까지 전체를 볼 수 있다. 벤치에서 몸을 푸는 선수, 후방의 움직임 등을 확인하고 흐름을 읽는 게 가능하다. 그러면 더 많은 정보를 미리 시청자에게 전달할 수 있다. 그러나 스튜디오에서 카메라가 비춰주는 화면만 시청자와 똑같이 동시에 보니 어려움이 있었다.

나는 늘 그라운드 안에서 분석되고 언급되는 선수 입장이었다. 내가 다른 선수와 팀을 설명하고 논리를 펼치는 자리는 처음이었다. 이걸 내 직업으로 삼아야지, 생각했으면 못 했을 것 같다. 잘할 수 있을지 확신은 없었지만 새로운 일에 도전해 보자, 경험해야 뭐든 알 수 있다는 생각으로 시도했다.

힘들었지만 경험을 해봤다는 사실에 만족한다. 이후 월드컵이나 국가대표팀 경기 해설도 제안을 받았지만 은퇴하자마자 시청률로 경쟁하는 일을 하고 싶지는 않아서 계약한 범위 안에서만 일하고 그다음은 거절했다.

유튜브와 방송의 차이

방송도 했다. 선수 생활 중에 찍은 〈슈퍼맨이 돌아왔다〉는 아이들과 함께하는 관찰 예능이라 내가 뭘 일부러 할 필요가 없었다. 아내 없이 아이들과 보내는 시간을 만든 것 외에는 노는 모습도 평소 그대로였다. 그런데 은퇴 후에 했던 방송은 달랐다. 카메라가 돌아갈 때와 멈췄을 때의 분위기 차이가 적응이 잘 안 됐다. 이건 방송인, 예능인들이라면 자연스러운 것인데, 운동만 하고 관찰 예능만 해보던 나에게는 맞지 않는 옷 같았다.

녹화를 하러 가면 이런 일도 종종 있다. 만나서 반가운 마음에 이야기를 하고 있으면, 상대가 "어, 잠깐만. 카메라 돌면 얘기하자"고 하며 끊는다. 촬영을 왔고, 자연스러운 대화를 카메라에 담는 것이 나으니 그렇게 하는 것인데, 이런 생활을 해보지 않았던 나로서는 적응이 어려웠다.

그런 면에서 유튜브는 오히려 편하다. 평소 말하듯이 하면 카메라가 찍고 제작팀이 알아서 편집을 한다. 경쟁 속에 너무 오래 살아와서, 이 유튜브 채널도 너무 잘되는 것을 나는 조심하고 있다. "유튜브를 하면서 그게 무슨 말이야?"라는 소리를 자주 듣지만, 너무 이슈가 되어 경쟁이나 평가의 대상이 되지 않았으면 하는 마음이 있다. 그래서 "좋아요나 구독은 누르지 마시라, 이걸 왜 보시는지 잘 모르겠다"라는 말을 농담 반 진담 반으로 섞어 말하는데, 제작진들이 대부분 편집한다.

다들 수고를 들여 만드는 방송을 대충하겠다는 것이 아니다. 하지만 채널이 너무 잘되면 더 악착같이 열심히 해야 하고, 다시 경쟁의 한가운데에 들어가야 하는데 은퇴 후 경쟁하는 건 정말 그만하고 싶다는 생각이다.

나는 유튜브를 통해 그동안 내가 해보고 싶던 것을 잔잔히 해보는 정도로 활용하고 싶다. 덕분에 또 운동을 꾸준히 하게 되면서 나를 관리할 수 있는 것도 장점이다. 보시는 분들도 그냥 편안하게 봐주셨으면 하는 마음이다.

공중파 방송이 나와 잘 맞지 않는 부분도 있었지만 의외의 즐거움을 발견하기도 했다. 〈뭉쳐야 찬다〉를 할 때는 코치로서 내가 짠 세트피스를 훈련시켰는데 선수들이 성공시켜 줄 때 전율을 느꼈다.

'이 감정이 뭐지?'

내가 선수로 뛰며 골을 넣었을 때와는 다른, 아니 그보다 더 짜릿한 감정이 올라왔다. 예능을 찍으면서 그런 감정을 느낄 줄은 몰랐다. 그러자 그럼 이걸 전문적인 선수들과 훈련을 하고 경기를 해보면 어떤 느낌일까? 하는 생각이 들었다. 그게 궁금했다.

그래서 프로선수나 전문적인 엘리트 지도를 위해 준비하는 시간이 필요하겠다고 생각했다. 예능이나 방송 출연을 줄이고 자격증 준비와 공부에 더 집중하고 싶어졌다. 선수 생활을 할 때부터 AFC 지도자 자격증 준비를 조금씩 해왔다. 꼭 지도자가 목표라기보다는 하나의 가능성으로 열어두고 싶었다.

AFC 지도자 자격증은 D급, C급, B급, A급, P급 순서로 올라간다. 높은 급일수록 더 높은 연령과 단계의 팀을 이끌 수 있다. C급은 U12 클럽팀, B급은 U18 클럽팀, A급과 P급은 국내 모든 팀과 대표팀 지도자를 할 수 있는 자격이다. 선수 출신은 C급부터 자격증을 따면 된다. 나는 선수 생활 중 C급과 B급을 미리 따두었다. A급과 P급은 좀 더 까

다로운데 선수 생활 마지막 해에 A급 자격도 취득했다. P급은 A급을 취득하고 3년 이후에나 딸 수 있다. P급 지도자 자격증을 따기 위한 교육과 평가가 올해 가을에 있다. 그걸 위해 공부를 더 하고 있다.

K리그는 2026년부터 구단마다 테크니컬 디렉터를 의무화한다. 이 역할은 단장과 감독의 중간에서 서로를 조율하는 역할이다. 축구에 대한 전문 지식이 많이 있어야 하는 자리여서, 선수 출신들이 주로 하려고 한다. 전북 현대에서 현재 박지성 테크니컬 디렉터의 역할이다.

현장 축구를 잘 아는 사람이 좋은 행정을 위해 제안하고 연결고리 역할을 한다. 이 자격을 갖추기 위한 교육을 올해 이수했다. 내 목표가 테크니컬 디렉터는 아니다. 하지만 이 과정들을 교육받고 경험해 보면, 추후에 지도자가 됐을 때 분명 도움이 될 것이라고 판단했다.

사실 지도자의 길이 나와 맞을지는 확신이 없다. 그래도 자격증이 없어서, 그런 준비가 되어 있지 않아서 못한다는 소리를 하고 싶지는 않다. 자격증이 있어야 내가 선택이 가능하니 틈틈이 준비했다. 또 이 길이 나에게 맞는지 안 맞는지 한 번은 제대로 경험하고 증명을 해보고 싶다는 생각도 가지고 있다.

대한축구협회 부회장의 무게

은퇴 후 논란의 중심이 될 일은 없을 줄 알았는데 얼떨결에 축구협회 부회장을 맡았다가 현역 시절보다 큰 이슈에 휘말렸다.

선수 생활만 했기에 행정은 아는 부분이 없었다. 그런 경험도 한번 해봤으면 좋겠다는 생각 정도는 하고 있었는데 부회장직 제안이 왔다. 어떤 역할인지, 잘할 수 있을지 모르겠어서 주변에 부회장이 어떤 일을 하는지에 대해 물어봤다. '축구계가 돌아가는 전반적인 흐름을 가장 먼저 보고 배울 수 있다. 지도자를 하든 행정이나 사업을 하든 도움이 될 것이다'라는 정도의 이야기를 들었다. 일주일에 한 번 임원 회의에만 참석하면 된다고 해서 그리 큰 부담도 없겠다는 생각으로 회의에 들어갔다.

그러나 실제로는 부담을 가져야 하는 자리였다. 그라운

드에서 뛰는 일은 오래 했지만 행정의 분위기와 흐름은 잘 몰라서 내 생각과 다르게 일이 흘러가는데도 의견을 내지 못했다.

한 달 반 정도 기간 동안 주 1회 있는 회의에 예닐곱 번 참석했던 것 같다. 회의에서는 축구협회 트레이닝 센터 이전이나 시즌 중의 주요 이슈에 대한 내용을 보고받고 개선할 점에 대해 의견이 오고 갔다. 회의 분위기는 대체로 무거웠고 가끔은 보고자가 혼나기도 했다.

나는 곧 깨달았다. 부회장은 행정이나 축구계 흐름을 보고 배우려는 마음으로 맡을 수 있는 자리가 아니었다. 현장을 아는 신입의 마음으로 회의에 들어갔는데, 책임이 더 큰 자리였다. 내가 해야 할 역할이나 무게를 다 파악하지 못한 상태였다. 내 의견을 강하게 냈으면 좋았겠다는 생각을 지난 후 했지만, 그 자리에서는 그 무게를 이기지 못했다.

해보지 않았던 일을 시도해 보자는 마음이었는데 자리의 무게를 모르고 수락했던 것이 실수였다. 이런 실수를 통해 나는 감당할 수 없는 일과 자리가 있다는 걸 배웠다. 그러나 그로 인해 실망하고 신뢰를 잃은 팬들에게, 성실하게 경기를 뛰는 후배들에게는 아직까지 미안한 마음이다.

그 사건들이 있을 때 현장을 뛰던 선수였고, 경기인으로서 부회장직을 수행하며 이런 일에 대해 더 강하게 반대 의견을 내지 못한 것에 여전히 미안하다. 은퇴 후 했던 일 중 가장 후회하는 일이다.

축구는 재미있는 스포츠다

가장 잘했다 싶은 일은 아이들이 와서 노는 것처럼 축구를 할 수 있는 축구장을 만들고 이동국FC를 운영한 일이다. 축구는 재미있는 스포츠다. 그러나 흔히 엘리트 축구라고 불리는 선수를 만드는 과정은 그리 재미있지 않다.

내가 축구를 할 때는 혼나고 맞고 했다. 그냥 웃으면서 축구를 즐기는 공간이 생겼으면 좋겠다는 생각으로 만든 게 이동국FC다. 취미로 하는 아이들만 받고 실력이 좋아 선수 생활을 하고 싶어 하는 아이가 있으면 다른 곳을 소개해 준다. 엘리트 축구는 성적을 내야 하니 항상 웃으면서 할 수는 없다.

처음에는 〈슈퍼맨이 돌아왔다〉 방송을 끝내고 난 후, 아이들과 보내는 시간이 줄어 아쉬워하다 시작한 공간이다. 날씨 상관없이 놀 수 있는 놀이터 같은 공간을 만들어 주고 싶었다. 그러다 우리 가족만이 아니라 다른 가족들도 와서 놀면 좋겠다는 생각으로 확장되었고 지금의 공간이 되었다. 시안이도 이곳에서 취미로 웃으면서 일주일에 세 번 정도 공을 찬다.

아이들이 공 차고 즐겁게 노는 모습을 부모님이 와서 보면 좋겠다는 마음으로 공용 차량 운행을 하지 않는다. 보호자들이 아이들을 기다리다가 심심하면 골프를 쳐도 좋겠다고 생각해서 옆에는 골프장도 만들어 두었다. 그런데 꼭 골프를 치지 않더라도, 부모님들은 아이들이 공 차는 모습을 보는 것만으로도 즐거워하는 것 같다. 그런 에너지가 매일매일 이동국FC 공간을 가득 채우고 있다.

나도 시안이와 골프를 친다. 그 모습이 보기 좋았는지, 우리처럼 아이와 부모가 함께 골프를 치는 가족이 늘고 있다. 골프는 서로 다른 세대가 같이 할 수 있는 운동이다. 축구는 나이에 따라 경기력에 차이가 생기는 운동인데 골프는 그렇지 않다는 게 좋아서 요즘 아이들과 함께 즐기고 있다. 나중에 삼대가 같이 운동하는 게 내 소원인데 골프라면 가능할 것 같다.

3년을 쉬었다. 방송, 해설, 유튜브, 사업, 지도자 준비 등 여러 가지 안 해본 일을 하다 보니 실수도 있고 새로운 발견도 있었다. 그래도 시도해 보지 않았다면 계속 궁금해했을 일이 대부분이다. 아직 한쪽으로 마음이 확 기울지는 않기도 했고, 준비하고 시도하는 단계이기도 해서 여러 일을 함께 하는 상황이다.

은퇴를 할 때는 두려웠는데 막상 밖으로 나와 보니 요즘에는 내 나이 즈음 직장을 나와 새로운 일을 찾는 사람이 적지 않은 것 같다. 또 한 가지 일이 아닌 여러 가지 일을 동시에 하는 사람들도 늘고 있다고 한다.

나 역시 축구를 하듯 하나만 파고드는 일을 또 하게 될지는 아직 잘 모르겠다. 확실한 것은 그동안 축구를 하면서 배운 것들, 굴곡 많은 인생 이야기와 경험을 사람들과 나누고 싶다는 생각이다. 내가 가장 잘할 수 있는 일을 찾고 선택할 시간이 이제 다가온 것 같다.

아버지의 편지

2남 1녀 중 막둥이 동국이가 초등학교 4학년부터 축구를
시작하고, 프로선수를 지나 은퇴를 하기까지 어언 30년 넘
게 선수 생활을 해오면서, 수많은 마음의 상처와 가슴 아픈
일들을 옆에서 지켜봐 왔습니다.

즐거움은 잠시였고, 안타까움이 더 많았습니다.

어려운 집안 사정이 동국이 덕분으로 정리되고, 생활고
걱정을 덜어줘서 고맙고 감사하게 생각합니다. 힘들고 어
려웠던 그 시절! 많은 세월들이 지나고 보니 고생도 추억이
되네요.
우리집 막둥이를 가장 노릇을 하게 만들어서 미안하고
면목이 없습니다.

항상 부족했고 좋은 아버지가 되지 못했지만, 동국이가
좋은 아들이 돼줘서 고맙게 생각합니다.

아들에게

라이언킹! 이동국.

요즘 100세 시대라고 해서 얘기인데, 인생 전반전 45년 동안 승부의 세계 속에서 우여곡절도 많았고, 희로애락을 모두 겪었다.

결혼했어도 기러기 아빠 생활을 오래 했으니 인생 후반전 45년은 사랑하는 가족들과 함께 그동안 못다 한 추억들을 많이 만들고, 오 남매들 뒷바라지 잘해서 시집 장가 보내고 손자 손녀도 보아라.

그리고 추가 시간 10년은 지금까지 살아오면서 지친 마음과 몸을 정화시키고 평온한 삶을 살아가도록 해라.

너와 함께한 소중한 추억들을 영원히 잊지 않으마!

라이언킹 이동국 아버지라서 행복했고, 행복하다!

10)¹¹

그님1여중 막둥이 동주이가 초등4학년(1세,
부터 축구를 시작 했고!
프로선수 그리고 은퇴 까지 여전30년넘게
선수생활을 해 오면서 ㅡㅡ
수많은 마음의 상처와 가슴아픈 일들을
옆에서 지켜 봐 왔습니다.
즐거움은 잠시였고! 안타까움이 더 많았습니다
이러운 집안사정을 동주이 대문으로
정리되고 살았고 각자을 덜어줘서 고맙고
감사하게 생각 합니다.
힘들고 어려웠던 지격!
많은 (세월들이) 지나고 보니 고생도 추억이
되네요! 우리집 막둥이를 가장 노릇하게
만들어서 미안하고 면목이 없습니다.
형장·부족했고 좋은 아버지가 되지 못했지만
동주가 좋은 아들이 돼줘서 고맙게 생각
합니다.

(100세 시대라서 얘긴데!
라이오킹 : 이 둥 ㅈ.

인생, 전반전 45년을 동안 승부의 세계속
에서 우여곡절도 많았고! 희노애락을
모두 겪고! 결혼 했었고 "기러기아빠, 생활
을 오래 해왔으니 -。-。-。

인생, 후반전 45년은 사랑하는 가족들
과 함께 그동안 못다한 추억들을 많이 만들
고! 오늘애틀 뒷바라지 잘해서 시집 × 장가
보내고 손자 × 손녀도 보고 -。-。-。-。

추가시간 10년은! 지금까지 살아오면서
지친 마음과 몸을 정화시키고 평온한 삶
을 살아가도록 해라

너와함께 한 소중한 추억들을 (영워니)
잊지 않으마! 라이오킹 이 둥 ㅈ 아버지
라서 행복했고 행복하다 -。-。-。♡

에필로그

훈련과 경기 일정에서 떨어진 은퇴 후의 삶 속에서 책을 준비했습니다. 조금은 여유로운 일상에서 선수로서의 시간을 돌아보는 것은 익숙한 듯 새로웠습니다. 시간을 거슬러 그때로 돌아가 저와 주변을 천천히 둘러보았습니다.

먼저, 처음을 기억하며 포항으로 돌아가 초등학생이 되었습니다. 바닷가와 가깝던 정겨운 마을에 운동부도 없는 학교에서 친구들과 자유롭게 뛰어놀았습니다. 부족함을 모르고 행복하게 지내던 시간이었습니다.

그러다 우연히 나간 육상 대회에서 3관왕을 하며 학교의 스타가 됐지만, 그 이유로 전학을 가게 됐습니다. 축구부에 스카웃이 되어 간 학교. 낯선 환경 낯선 친구들 속에서 처음으로 리프팅을 하던 느낌은 아직 그대로였습니다.

2년 뒤 차범근축구상을 받으러 가던 날을 떠올리니 그때의 설렘이 다시 느껴졌습니다. 많은 게 처음이었던 날이었습니다.

차범근이라는 대선수를 직접 본다는 두근거림, 첫 비행기, 첫 서울, 첫 눈. 상을 받고 들뜬 마음으로 부모님과 함께 함박눈을 맞던 풍경이 눈앞에 아른거렸습니다.

사춘기가 되자 유난히 자주 떠오르던 풍경은 하나였습니다. 이른 새벽, 전날 늦은 시간까지 운전을 하고 오신 아버지가 뜬눈으로 밤을 보낸 후 다시 운전석에 앉으시고, 저도 좌석 한 곳에 앉아 새벽 운동을 가던 모습이었습니다. 텅 빈 버스에 앉은 부자가 아무 말 없이 새벽길을 달리던 그 공기가 계속해서 생각났습니다.

2000년대, 4년마다 있었던 시간은 비슷하면서도 다른 고통으로 여전히 남아 있었지만, 이후의 시간을 알고 있기에 마음을 다잡고 다음 이야기로 넘어갈 수 있었습니다.

쉽고 편안한 날은 많지 않았습니다. 하지만 우여곡절 속에서도 포기하거나 멈추는 건 생각하지 않았습니다. 어떤 말들에도, 어떤 시선들에도 흔들리지 않고 저 자신에 더욱 집중하며 보냈습니다. 그리고 내 곁에 가족이 있어 계속 달릴 수 있었다는 걸 다시 한번 깨달을 수 있었습니다.

대표팀에서, 리그에서 팬들과 뜨거운 시간을 보냈습니다. 절대 잊을 수 없는 순간들을 짚어보며 다시 그 에너지가 느껴지는 듯했습니다. 누구보다 행복한 선수였구나, 마음이 부풀어 올랐습니다. 꿈결 같았던 순간들, 이제는 그리움으로 남은 시간입니다.

원고를 써가며 아버지의 이야기를 들어볼 수 있어 좋았습니다. 오래도록 함께했지만, 각자의 시선에서 각자의 시간을 보낸 기억이 새롭고 뭉클했습니다.

이제 저는 아버지의 말씀대로 인생 후반전을 앞두고 있습니다. 또 어떤 선택들 앞에 놓일지 어떤 결과로 이어질지 여전히 알 수 없지만, 이전의 경험으로 조금 더 단단한 시간을 보낼 수 있기를 기대하고 있습니다.

책의 마지막에 짧은 이야기를 덧붙이며 마무리를 하려고 합니다. 축구를 하며 스스로 생각하고 움직였던 과정을 정리해 봤습니다. 꼭 운동이 아니더라도 각자 어떤 목표를 향해가는 분들에게 조금이나마 도움이 될 수 있으면 좋겠습니다.

마음가짐은 습관이,
습관은 실력이 된다

일상을 어떻게 보낼까

초등학생 시절 축구를 하기 위해 집에서 멀리 떨어진 학교로 버스를 갈아타며 매일 한 시간이 넘는 거리를 등하교했다. 버스를 타고 장거리를 다니니, 혼자 있는 시간이 많았다. 지금처럼 휴대폰이 있었던 것도 아니어서 딱히 시간을 보낼 다른 방법도 없었다. 그 시간을 대부분 생각을 하는 데 썼다.

다음 날 할 훈련을 머릿속으로 생각해 보기도 하고, 어제와 오늘의 훈련을 돌아보면서 내게 필요한 부분이 무엇이고 뭐가 부족했는지 생각했다. 어린 학생이었기에 명쾌한 답이 나오지는 않았지만, 지금 돌이켜 봐도, 다른 생각

을 하거나 멍하니 몸만 왔다 갔다 하는 것과는 달랐다고 생
각한다.

학교도 멀고 수요일과 토요일은 축구부 새벽 운동도 있
는 날이라 사람들이 붐비기 전에 버스에 탔는데, 자리가 있
어도 항상 서서 갔다. 까치발을 들고. 버틸 수 있는 만큼 버
텨보자는 생각이었다. '버스를 타고 오고 가는 내내 까치발
을 든 채로 서서, 한 번도 앉지 않고 도착하면 나한테 분명
어떤 선물이 있을 거야. 이 순간을 견디면 작은 변화라도
내게 돌아올 거야.' 그냥 나 자신과의 협상이었다. 누구도
시킨 적 없었고 보상을 주지도 않았다. 그냥 내가 제안하고
협상하고 스스로에게 결과로 답했다.

피곤한 등하교 시간에 버스에서 그렇게 행동했다는 건
그때의 내가 축구와 운동에 그만큼 빠져 있었던 증거 같다.
어린 마음에 했던 생각과 훈련이 직접적으로 도움이 됐는
지, 그렇지 않은지는 중요하지 않다. 스스로 스트레스 상황
을 만들기도 하고 한계를 설정해 조금씩 극복하는 경험은,
어린 선수에게 작은 성취의 경험을 하게 했다. 그러다 보니
꾸준히 하게 됐고, 그건 곧 정신 훈련으로도 이어졌다고 생

각한다.

 스스로에게 과제를 주고 성공하면 나에게 분명 좋은 결과가 올 거라는 생각을 했으니 무엇보다 경기에 들어갈 때 자신감이 가득한 상태가 됐다. 잘될 거라는 희망과 자신감을 가지고 훈련을 하니 긍정적일 수밖에 없었고, 만약에 결과가 안 좋더라도 노력한 게 있으니 '뭐 괜찮다. 거의 다 왔다'라고 생각할 수 있었다. 노력은 사라지지 않으니까.

 신기하게도 이런 생각은 현실로 이뤄지기도 했다. 점차 실력이 늘었다. 내가 찬 공이 골대에 정확히 들어가 그물망을 흔들면 '됐다! 내 생각대로 이루어지는구나' 싶었다. 그러니 또 스스로를 믿고 다시 나와 협상할 수 있었다.

 습관은 중요하다. 습관이 된 능력은 의식적이지 않아도 필요한 순간 발휘된다. 다만 습관이 되기까지 반복의 시간이 오래 쌓여야 한다. 뭐든 처음에는 쉽지 않다. 처음 글자를 배울 때는 책을 열고 한 글자씩 짚어가며 떠듬떠듬 힘들게 읽을 거다. 누구나 그렇게 시작한다. 하지만 지금은 책을 볼 때 한 글자씩 읽는 게 더 어색하지 않은가?

 배우기 시작할 때는 하나하나 나눠서 순서를 생각하고

힘을 주고 움직이느라 엉킬 때가 있지만, 연습이 쌓이고 몸에 익으면 내가 하고 있다는 인식도 없이 자연스럽게 해낼 수 있다. 나는 마음의 움직임도 그렇다고 생각한다. 긍정적인 마음을 갖는 것도 습관이고, 그걸 시도하고 노력하는 것도 습관일 수 있다. 내게 필요하고 도움이 되는 것은 가능한 한 무의식중에도 튀어나올 수 있게 몸과 마음을 습관화할 필요가 있다.

내가 들인 습관 중 하나는 시간이 생기면 연습을 하는 거다. 고등학교 역시 버스를 타고 한참 가야 하는 학교를 다녔는데, 장거리 버스 통학은 이미 초등학교 때부터 익숙해졌으니 문제가 없었다. 문제라면 그 버스가 우리 학교에 도착하기까지 여자학교 세 곳을 지나야 한다는 것. 사춘기가 오고 부끄러움을 많이 타던 때였다. 여학생이 가득한 버스를 타는 일이 까치발 들고 한 시간 동안 서서 가는 일보다 괴로웠다.

내가 선택한 해결책은 남들이 등교하기 전, 새벽에 먼저 학교에 가는 것이었다. 이른 아침에 학교에 도착하면 친구도 오기 전이고 딱히 할 일이 없었다. 그러면 혼자 운동을 했다. 공으로 연습을 하는 게 제일 재미있는 일이었으니까.

좋은 습관은 기회를 만든다

메이저리그에서 뛰는 야구 선수 오타니 쇼헤이가 "쓰레기를 줍는 것은 남이 버린 행운을 줍는 것"이라 여기며 스스로에게 행운을 빌어주는 습관을 갖고 있다는 이야기를 들었다. 내게도 그런 행운이 따르곤 해서 공감했다. 내 행운은 좀 더 직접적이다. 혼자 연습을 하고 있으면, 그 순간에 감독님 눈에 자주 띄었다. 경기 출전이 간절한 선수에게는 확실한 행운이다.

고등학교 1학년 때는 일주일에 2~3일 정도 새벽 운동을 나갔는데, 이상하게도 그때마다 감독님이 지나갔다. 감독님이 오실 시간이 아니었는데, 내가 운동을 하는 날마다 타이밍이 맞았다. 그러다 보니 같이 운동하는 형들이 "동국아, 내일 새벽 운동 나가야 되니, 안 나가야 되니?"라고 물어보기도 했다. "형, 운동 나가시죠" 해서 같이 나가는 날이면, 감독님이 어느새 보고 계셨다. 그 시간이 쌓인 덕에 감독님 눈에 좋게 보였고 나는 1학년 때부터 출전 기회가 주어졌다.

비슷한 경험을 국가대표팀에서도 했다. 1998년 프랑스 월드컵. 처음으로 국가대표로 뽑혔을 때 황선홍 선수와 같은 방을 배정받았다. 나는 열아홉이었고 선홍이 형은 서른, 열한 살 차이였다. 열아홉 살의 어린 선수에게 우리나라 최고의 스트라이커이자 열한 살 많은 형, 아니 선배, 그냥 선배도 아니고 어린 시절부터 롤모델로 삼았던 스타플레이어와 같은 방에 있는 일은 너무 긴장되고 어려운 시간이었다.

첫 월드컵 출전에 교체 선수로 경기를 뛸 때보다 방에 단둘이 있을 때가 더 긴장됐던 것 같다. 호칭을 어찌해야 하나 싶어 먼저 부르기 전에는 내가 말을 거는 일도 잘 없었다. 같이 있다가 어디 잠깐 볼일이 있어도 바로 말을 못했다. 옆에서 기다리다가 눈 마주치면 "저 잠깐 저기 좀 다녀올게요" 하고 겨우 쭈뼛거리는 정도였다.

그때 선홍이 형은 부상에서 회복 중이었는데 무리하지 않는 선에서 경기를 뛸 수는 있다는 의사 소견으로 대표팀에 합류했던 것으로 기억한다. 훈련도 부상이 있는 선수들은 팀닥터와 따로 했다. 당시의 나는 '어떻게 경기에 설 수 있을까, 경기에 맞춰 컨디션을 올려야지' 이런 생각보다 '선홍이 형이 빨리 나았으면 좋겠다. 스트레스를 덜 받았으면 좋겠다'라는 생각이 더 컸다.

훈련할 때면 웃고 농담도 하면서 공을 주고받지만, 마음은 힘들겠구나 하는 생각을 그때도 했다. 주전 선수가 부상을 입고 월드컵을 맞는 일의 무게를 잘 알지는 못하는 어린 나이였지만, 워낙 우상이었던 선수였기에 그런 마음이 들었던 것 같다.

그런 선수가 방에서 쉬고 있는데 내가 옆에 멀뚱히 있으면 불편할 것 같았다. 방에서라도 최대한 편하게 쉴 수 있기를 바라는 마음에 나는 "운동 나갔다 오겠습니다" 하고는 자꾸 밖으로 나갔다. 물론 나 역시 방에 단둘이 있는 게 불편했다. 차라리 운동을 하는 게 여러모로 마음이 편했다. 새벽이든 저녁이든 시간이 나면 밖으로 나가서 훈련을 했다. 그런데 그렇게 운동을 하는 모습이 차범근 감독님 눈에 보였던 것 같다. 감독님도 왔다 갔다 하다가 멀리서 보고는 쓱 지나가시곤 했다. 그러다 내게도 기회가 왔다.

물론 그 하나 때문에 기회를 얻었다고 생각하지 않는다.

경기에서 제대로 보여주지 못하면 소용없다. "열심히는 하는데 잘하는지는 모르겠다", "열심히만 한다고 잘한다고 할 수 있나" 이런 소리가 나온다면 기회는 얻기 힘들다. 그러나 잘하는데 열심히하는 선수, 잘하지만 열심히는 안 하는 선수, 이 둘이 있다면 둘 중 누구에게 기회를 주고 싶을까.

성실함, 집중력, 승부욕, 이런 마음가짐도 실력의 일부다. 그리고 이런 마음가짐이 다른 사람 눈에 띌 정도가 되려면 일상 속에 습관이 되어야 한다.

눈에 띄려고 잠깐 요령을 부려서는 되지 않는다. 연습을 하다가 감독님 눈에 띈 건 우연이지만, 사실은 감독님이 보지 못한 시간에도 나는 계속 연습을 하고 있었다. 보이지 않게 연습했던 시간이 더 많다.

나는 내게 온 기회를 좋게 생각했다. 그 연습이 내게 기회를 줬다고. 그러면 몸이 무거워 연습을 하러 가기 싫은 날도 마음을 고쳐먹게 된다. 그렇게 일상을 조금씩 바꾸었다. 연습도 그리고 연습을 할 마음가짐을 만드는 것에도.

노력해서 이룬다면, 그건 이미 충분한 행운이다

1998년 월드컵을 어린 나이에 다녀오고 꾸준히 대표팀 경기에 나가면서 나는 타고난 선수라는 말을 많이 들었다. 당시에는 나도 어린 시절부터 운동을 열심히 해왔기에 그 말을 그대로 받아들이기는 어려웠다. 하지만 점점 경험이 쌓이고 나이가 들면서 내가 타고난 행운이 하나 있다는 사실을 알게 됐다.

나는 노력한 만큼, 딱 그만큼은 결과가 나오는 편이었다. 오히려 거저 오는 행운은 없었다. 대신 나는 내가 한 만큼 얻으면, 그게 바로 행운이라 생각했다. 주변을 둘러봐도 정말 성실하게 열심히 노력하지만, 그만큼의 결과가 따라오지 않는 경우도 많이 봤다. 그러면서 내가 노력한 만큼의 성과가 있는, 복 받은 선수라고 인정하게 됐다.

그러다 보니 만약 결과가 좋지 않으면 내 노력이 부족했구나, 하며 노력을 더 할 수 있었다. 그리고 이번에 결과로 나타나지 않았다면, 다음에라도 내게 돌아오리라 믿었다. 때로는 나에게 직접 돌아오지 않고 동료 선수에게 갈 수도 있다고 여겼다. 어떤 식으로든 애쓴 시간과 노력은 의미 없는 시간 낭비가 아니라, 누군가의 길을 열어주는 일이라도 될 거로 생각했다.

대단한 명예와 부가 어느 날 갑자기 쏟아지는 것보다, 흘린 땀이 사라지지 않고 노력이 그 몫을 하는 일이 진짜 행운이라고 믿는다. 그리고 나는 그 행운을 가진 사람이라고 긍정적으로 생각했기 때문에 힘든 시기에도 다시 땀 흘려 훈련을 할 수 있었다. 은퇴를 하고 선수 생활을 그만두더라도 그동안 했던 노력이 어딘가에는 남아 있다가 또 내게 힘이 되지 않을까.

아이들에게도 종종 이야기한다.

"너희는 아빠 유전자를 받은 아이들이야. 노력하면 그만큼은 돌아올 거야. 그건 진짜 행운이다. 대신 분명한 건 노력하지 않으면 아무리 좋은 조건을 가지고 있어도 결과로 나오지 않는다는 거야. 이루고 싶은 일이 있다면 딱 그만큼 노력해. '돌아온다, 내게는 행운이 있다' 이렇게 생각하고 노력하면 될 거야."

사실은 아이들에게 말하며 내 스스로에게도 하는 말이

다. 선수 생활이 아니더라도 생활은 계속되고 살아가는 일
에는 여전히 노력이 필요하니까.

그럴 수 있다, 마음먹기

　이동국이라는 이름에 사람들은 가장 먼저 무엇을 떠올
릴까? 라이언킹이라는 오래된 별명을 떠올릴 수도 있고,
2010년 남아공 월드컵 우루과이전에서 결정적 득점 찬스
를 날린 일명 '물회오리슛' 장면을 떠올릴 수도 있다. 요즘
은 아이들과 출연한 예능 속 대박이 아빠를 떠올리는 분도
많다.

　영광이나 시련의 순간, 아니면 전혀 예상하지 못했던 좌
충우돌 모습이 사람들에게는 강렬하게 남아 하나의 이미지
가 되는 것 같다. 그리고 그 이미지에서 나는 두려움을 느
끼기도 한다. 실수를 영영 만회하지 못하면 어쩌나, 사람들
이 기대하는 모습을 내가 충족시키지 못하면 어쩌나…. 하
지만 이런 생각에 발목이 잡히면 앞으로 나가기 힘들다.

어려서부터 운 좋게 주목을 받았다. 고등학교를 졸업하기 전 포항 스틸러스와 계약을 마치고 졸업하던 해 바로 프로에 데뷔했는데, 당시에는 프로보다 대학을 먼저 가던 시기여서 고졸 신인이 많지 않던 때였다. 그해 신인상을 받았다. 또 프로에 데뷔하자마자 최연소 국가대표로 월드컵에도 섰다.

이후로도 꾸준히 리그에서도 대표팀에서도 좋은 활약을 보였는데, 그럴 때 순수하게 기대하고 응원하는 시선도 있었지만, 모두가 그런 건 아니었다. 의심의 눈도 많았고, 일거수일투족을 주시하며 실수하는 순간을 기다리다 어떻게든 지탄하고 욕을 하는 사람들도 많았다.

어렸을 때는 그런 시선이 억울하기도 하고 화도 났다. 남들보다 늦게 시작한 축구였고 가족들이 희생하는 부분도 알고 있어 하루하루를 허투루 보내지 않으려고 했다. 사람들 눈에는 깜짝 등장한 어린 선수였겠지만 그때까지 누구보다도 많은 노력을 했다고 생각했는데, 조롱과 비난이 쏟아질 때면 아무리 굳게 마음을 먹어도 정신적으로 흔들렸다. 그런데 어느 순간 이런 생각이 들었다. '지금까지 이뤄

왔던 건 전부 다 과거고, 백지에서부터 다시 해보자.'

신기하게 이런 생각을 가지면서 조금 편안해졌다. '그동안 해왔던 모든 건 이동국의 과거일 뿐이다. 지금을 살자. 내가 지금부터 하는 것들이 앞으로의 나를 이룰 것이다. 과거는 신경 쓰지 말자.' 그렇게 생각하고 나니 외부로 향했던 시선과 에너지가 나에게 집중됐다.

물론 그런다고 나를 싫어하는 사람이 사라지지는 않는다. 그럴 때면 또 좋게 생각하려고 했다. 아무리 잘해도 관심이 없는 선수가 된다면 그것도 그다지 행복하지 않을 거라고. 욕하고 싫어하는 마음도 일종의 관심이니, 그 열정적인 관심을 나를 좋아하는 관심으로, 호의를 가진 팬으로 만들어 보자고 마음먹었다. 싫어하더라도 나를 지켜보고 있다면 내가 잘한다면 나에게 박수를 칠 수도 있다고 믿었다.

그렇게 마음을 다지면서 가장 많이 했던 말은 "그럴 수 있다"였다. 주문처럼 자주 말했다. 골을 못 넣어도 "그럴 수 있다, 골 못 넣을 수 있지 뭐." "계약 기간 남았는데 다른 팀을 알아보라고? 그래, 그럴 수 있다." 이렇게 생각하니 스트레스 받던 일 하나하나가 그냥 금방 지워졌다. 무엇이든 새로운 일을 하려면 실수도 실패도 해야 하는데, 이렇게 생각하니 그 속에 묶여 있는 시간이 줄어들었다.

사람은 누구나 약한 존재다. 그래서 종교도 믿고 신이든 사람이든 누군가에게 의지하고 싶어 하는 것 같다. 그럴 때 밖에서 위로를 구할 수도 있지만 내가 나에게 그런 존재가 된다면 어떨까. 스스로를 위로할 수 있다면 더 단단해지지 않을까.

발목 부상으로 쉬는 거 아니야

선수 생활을 하면서 부상이 몇 번이나 있었는지 세어 본적이 있다. 수술할 정도의 큰 부상만 따져도 발목 한 번, 피로골절 한 번, 십자인대 한 번, 내측 인대 네 번, 종아리 세번, 발가락 골절, 그리고 햄스트링 부상은… 세다가 포기했다. 선발 출전해서 풀타임을 뛴 경기도 많았고, 선수 생활이 길었으니 평균보다 내 부상 횟수가 더 많을 수 있다. 하지만 축구 선수 중에서 부상을 겪지 않는 선수는 없다. 그래도 뛰어야 한다.

2015년 제주월드컵경기장에서 있었던 경기로 기억한다. 시즌 막바지였고, 그날 경기를 이기면 남은 경기 승패와 상관없이 전북 현대가 리그 우승을 결정짓는 순간이었다. 전반을 뛰다가 헤딩을 한 순간이었다. 공중에 떴다가 내려오는데 발을 밟으며 '딱'하고 발목이 돌아갔다. 우선 남은 시간은 급히 테이핑을 하고 뛰었는데 굉장히 불편했다.

그동안 나는 웬만하면 선수들에게 발목 가지고 쉬는 거 아니라고 항상 얘기했다. 훈련할 때도 보면 발목이 불편한 선수들은 꼭 있다. 그러면 난 이렇게 말했다.

"자, 여기 발목 안 아픈 사람 손 들어봐."

손 드는 사람은 없다. 축구 선수에게 발목 부상은 흔한 일이다. 밥 먹다가 젓가락 떨어뜨리는 것만큼, 걷다가 운동화 끈 풀리는 것만큼 일상적인 일이다.

"봐, 다 아프잖아. 선수가 발목 가지고는 쉬는 거 아니다. 형보다 더 심하면 그때 쉬어."

근육에 문제가 생기면 쉬어야 한다. 내측 인대나 종아리, 이런 부상은 잘못했다가 더 큰 부상으로 갈 수 있어 쉬어줘야 한다. 그러나 발목 부상은 좀 참고 뛸 수 있는 부상이라고 생각했다.

선수들은 의외로 조금 아프면 어떤 부상인지 따지지 않고 쉬어버리는 경우도 많다. 그런데 경기에 정말 필요한 선수가 자꾸 쉬면 팀이 강해질 수 없다. 당장의 전력은 물론 팀 분위기에도 영향을 준다. 주전 선수가 부상으로 경기에서 빠지면, 찬물을 끼얹은 듯 분위기가 가라앉는다. 위축되거나 흔들릴 수 있다. 그래서 나는 태클이 들어와 넘어질 때면 발목을 잡고 아파하다가도 다시 일어나며 장난스럽게 이야기했다. "괜찮다. 괜찮다. 다 나았다." 그러면서 발목을 툭툭 때렸다. 그러면 놀라서 달려온 선수들도 보면서 웃고 가라앉았던 분위기가 풀렸다. 그러곤 절뚝거리면서 다시 뛰었다.

제주에서도 테이핑을 하고 뛰었다. 전반이 끝나고 들어와서 상태를 보려고 스타킹을 벗었다. 이재성 선수가 옆에 앉아 내 발목을 들여다보고 있었고 최강희 감독님도 상태를 확인하기 위해 다가왔다. 감았던 테이프를 풀자 푸는 것과 동시에, 실시간으로 발목이 부어오르는 게 눈에 보였다. 눌려 있던 스펀지가 부풀듯 발목이 훅 커졌다. 평소와는 확실히 달랐다. 나보다 옆에 있던 이재성 선수가 놀란 표정이었다. 입을 다물지 못하고 나를 쳐다보았다. 감독님이 옆에서 물어보셨다.

"어떻게 될 것 같아? 괜찮아?"

감독님의 질문에 내가 답했다.

"뭐, 테이핑 꽉 좀 하면 될 것 같습니다."

"그래, 한번 해봐."

감독님이 자리를 뜨자 옆에 있던 이재성 선수가 걱정하며 물었다.

"형! 괜찮겠어요? 이게 이렇게 부었는데?"

"그냥 해보는 거지. 뭐 하다가 안 되면 나오는 거고, 일단 해봐야지."

그렇게 후반에도 들어가 20분을 뛰었다. 뛰다가 도저히 안 될 상황이라 교체로 나왔다. 나중에 보니 인대 하나가 끊어진 상태였다. 2주 뒤 전주에서 홈경기가 있었는데, 이때도 후반에 들어가 30분 정도를 뛰었다. 그다음 경기는 감독님이 그래도 목발 짚으면 안 되니까 쉬라고 해서 빠졌다.

그 한 해 전에도 또 헤딩을 뜨고 떨어지다가 다친 적이 있다. 상대는 지금은 해체됐지만 당시는 중국 최고의 팀 중

하나였던 광저우 형다였다. 경기 중 헤딩 상황에서 상대 선수도 같이 떴다가 내려왔는데 그러면서 내 발을 밟았다. 축구화에 구멍이 나고 새끼발가락이 피범벅이 됐다. 올라갔다 내려오는 속도, 떨어지는 높이, 선수의 무게가 축구화 바닥에 뾰족하게 튀어나온 스터드에 발가락을 찍은 거다.

병원에 가서 엑스레이를 찍으니 금이 갔는데 뼈가 조각났다고 했다. 담당 의사는 전북 현대 팀주치의라 자주 찾아가던 사이였다. 그때 나는 물어보았다. 이 상태로 경기를 뛰면 더 나빠질 게 있는지.

"이게 부어봐야 더 나빠지는 건 아니고, 시간 지나면 붙죠. 그렇긴 한데 이걸 참고 뛸 수가 없어요. 지금 무지하게 아플 텐데요?"

당연히 아팠다. 뼈가 조각나고 피도 나고 땡땡 부었으니 조금만 움직여도 고통스러웠다. 물론 뛰어서 더 나빠진다면 쉬었을 것이다. 그러나 더 나빠질 게 없다면 고통을 참는 건 할 수 있겠다 싶었다. 뛰겠다고 했다. 나는 원래 축구화를 280밀리미터 사이즈를 신는다. 그런데 오른발이 부어서 들어가지 않으니 왼쪽은 내 신발, 오른쪽은 우리 팀 선수에게 빌린 290밀리미터 신발을 짝짝이로 신었다.

그라운드에 나갔더니 진짜 고통스러웠다. 그래도 내가 그렇게 뛰는 모습을 보는 우리 팀 선수들의 분위기는 달랐다. 더 집중하고 더 화이팅 넘쳤다. 전북 현대 선수들은 어느 정도 통증은 참고 나가서 뛰었다. 부딪혀도 꾀병으로 누워서 시간을 끌거나 하는 일은 잘 없었다. 실려 나갈 정도가 아니면 벌떡벌떡 일어났다. 팬들은 선수가 누워 있는 모습을 보자고 경기장에 찾아오는 게 아니다. 프로라면 뛸 수 있는 한 뛰어야 한다고 생각한다.

물론 정신력만 강조하며 큰 부상을 방치해서는 안 된다. 뛰어도 되는 상태인지 아닌지는 전문가인 의사의 판단이 필요하다. 그래서 나도 계속 팀 주치의를 찾았다. 조금만 이상하면 달려가서 "여기 이거 지금 아픈데 뛰면 더 나빠질 가능성이 있어요, 없어요?" 하고 물었다. 그러면 주치의 선생님은 이것저것 검사를 하고 확인하고 여러 가지 가능성을 열어두고 이야기해 준다. 더 나빠지지는 않아도 통증 때문에 말릴 때도 있지만, 그건 내 몫이다 생각하고 참고 뛰었다. 하지만 심각한 부상으로 진행될 수 있다며 당장은 안타깝지만 쉬어야 했다.

프리미어리그를 짧게 경험해 봤지만, 그곳에서는 당시 일주일에 한 번씩 구단 클럽하우스로 의사들이 찾아왔다. 의사가 정기적으로 찾아오면 병원에 갈 정도의 상태가 아니더라도 더 빨리 확인이 가능하다. 선수들을 모두 확인하고 누가 운동을 쉬어야 하는지, 누가 휴식과 재활을 끝내고 복귀가 가능한지 진단해 줬다. 부상이 있다면 의사의 확인이 있어야 뛸 수 있었다.

종아리가 이상하다고 나한테 찾아오는 후배들이 한 번씩 있었다. 나이를 물어보면 서른에 접어든 후배들이다. 경험해 보니 삼십 대에 접어들면 종아리 부상이 잦아진다. 반면 이십 대에는 햄스트링 부상이 많았다. 햄스트링은 갑자기 빨리 뛰면 무리가 가서 부상을 입을 수 있는데, 삼십 대가 되면 아무래도 속도를 내기 힘드니 부상도 줄어든다. 대신 종아리에 문제가 생기는 편이었다. 내 부상 기록과 나이를 놓고 보니 그랬다.

한국 클럽 팀들도 의사 역할이 더 커져야 한다고 생각한다. 훈련과 전술로 실력을 키우는 일이 감독과 코칭스태프의 몫이라면, 정신력은 선배들이 끌어올리고, 부상 위험은 의사들이 낮출 수 있다. 의사들이 와서 근육이나 인대 상태를 체크해 주고 부상에 예방하고 대비할 수 있게 관리를 도와주면 선수들 수명도 전반적으로 늘어나리라 믿는다. 그런 환경에서 선수들이 도움을 받는다면 나보다 더 오래 뛸 것이다.

오늘의 경기가 부끄럽지 않으려면

　　내가 처음으로 모르는 사람에게 사인을 해준 건 고등학교 2학년 때였다. 1996년 4월 열린 대구 MBC 전국고교축구대회에서 내가 있던 포항제철공업고등학교 축구부가 우승을 했다. 전국대회에서는 첫 우승이었고 나는 5골로 득점왕에 올랐다. 우승을 하고 찾아간 식당에서 내가 먼저 사인을 해서 식당 사장님에게 드렸다. 나는 유명한 축구 스타가 될 테니 내 사인을 가지고 있어보라고 말하면서. 고등학교 2학년이었지만 그 약속을 지키고 싶었고, 지킬 수 있다는 자신감도 있었다.

　　"내가 10년만 젊었으면 다 할 수 있었을 텐데 말이야!"

이런 말들을 많이 하는데, 나는 고등학생 때 어른들이 그렇게 이야기하는 것을 듣고 이상하다고 생각했다.

'지금이 그 10년 전이라고 생각하고 살면 되는 거 아닌가?'

내가 지금 열여덟 살이니까, 만약 스물여덟인 내가 10년 전으로 돌아와 다시 인생을 산다고 생각하면 어떨까. 그렇다면 나는 지금 어떻게 살까. 그런 생각을 고등학교 2학년 때쯤 했던 것 같다. 지금 마흔다섯이지만, 만약 쉰다섯에서 살다가 돌아와 있다면, 뭐든 못 할 일이 없다고 생각하지 않을까. 더 자신감 있게 이것저것 해볼 수 있을 것 같다.

식당 사장님께 사인을 해준 고등학교 2학년생 이동국에게는 그런 자신감이 있었던 것 같다. 꼭 10년 뒤에서 온 듯이. 그 뒤로 10년 동안 온갖 산전수전을 겪으며 힘든 날을 보낼 줄은 모르고 말이다. 그래도 늘 '10년 뒤에서 돌아온 오늘'이라는 마음으로 살고 있다.

이십대를 보내며 미처 몰랐던 부분이 있다. 그때는 그날 경기에서 내가 골을 넣었는지, 몇 골이나 넣었는지가 중요했다. 그런데 시간이 흐르면서 깨달았다. 중요한 건 골이 아니라 경기력이라는 사실을.

　골을 넣으면 뉴스에도 나오고 스포트라이트를 받는다.
스트라이커로 골을 넣고 스포트라이트를 받는 데 익숙했고
그게 가장 중요하다고 생각했다. 경기력은 좋지 않았지만,
골은 넣고 이기는 경우도 많았다. 그러다 보니 플레이의 중
요성을 잘 몰랐던 것 같다.
　플레이하는 과정을 성실하게 챙기지 않으니 경기마다
오르락내리락 차이가 컸다. 잘될 때는 날아다녔지만 안 될
때는 엉망이었다. 그러다 운 좋게 골을 하나 넣었다면, 그럴
땐 좋아해서는 안 되는 거였다. 골을 넣지 못했더라도 경기
력과 경기 내용이 만족스러웠다면 골은 다음에도 얼마든지
넣을 수 있으니 괜찮은 거였다.

　이런 건 서른이 넘어서야 보였다. 서른 넘어서는 골을 못
넣어도 경기 내용이 좋다면 만족했다. 내가 넣지 못하더라
도 좋은 위치에 있는 동료 선수에게 패스하며 도움을 기록
했다. 좀 더 일찍, 10년 먼저 알았더라면 더 좋은 선수가 됐
을 수도 있지 않을까 생각한다.

축구만이 아니라 다른 영역에서도 마지막에 스포트라이
트를 받는 사람은 한 명 정도다. 하지만 내가 그 빛을 받을
일을 하지 않았다고 하더라도, 우리 팀에 좋은 결과를 만드
는 데 역할을 했다면 스스로 만족해도 된다고 생각한다.

오늘 골을 넣지 못했더라도 실망하지 않아도 되는 것과
같다. 하나의 목표를 가진 팀의 경기력이 좋다면, 내일도 좋
은 컨디션으로 그라운드에 나갈 수 있을 것이다. 그렇다면
골을 넣는 건 얼마든지 가능하다.

그러니 중요한 건 일상을 지내는 생각과 패턴이란 걸 잊
지 말자. 그렇게 잘 지내기만 한다면 중요할 때 결승골을
넣는 건 언제든지 가능하니까.

우리가 반복적으로 행하는 것은 우리 자신이다.
그렇다면 탁월함은 행동이 아닌 습관인 것이다.
_ 아리스토텔레스

We are what we repeatedly do.

Excellence, then, is not an act, but a habit.

_ Aristoteles

추천사

1998년 월드컵. 그때 나는 젊었고 이동국은 어렸다. '대형 선수!'라는 확신이 들었다.

축구협회 기술위원들은 대표선수가 되기에는 아직 멀었다며 네가 뭘 몰라서 그런다고 말리셨다. 그때 포기하고 싶지 않아서 한 말은 "제가 책임지겠습니다!"였다.

내 눈에 이동국은 틀림없는 '물건'이었다.

그 후 30여 년 가까운 시간을 지켜보면서 대견하다는 기억보다는 안타깝고 아쉬웠던 기억이 많았는데, 어느 날 다 쓰지 못한 공격수의 본능이 뒤늦게 폭발하는 이동국을 보면서 참 다행스럽고 고맙다는 생각을 많이 했었다.

쉽지 않은 일을 모두 해내고 당당하게 유니폼을 벗은 나의 제자에게 늦었지만 축하와 박수를 보낸다. 부디 축구가 너와 나에게 얼마나 많은 것을 주었는지 기억하고 감사하는 마음으로 살자. 이 책을 읽을 많은 사람들에게 그 마음이 전해지길 응원하마!

따뜻한 봄날 아랫마을 고흥에서 이동국을 처음 뽑았던 기억을 자랑스러워하면서 추천합니다.

_ 차범근 (前 대한민국 국가대표팀 감독)

이동국 선수생활 연보

1979년   • 4월 29일 경상북도 포항 출생

1986년   8세   • 포항동부초등학교 입학

1989년   11세 • 포항제철초등학교 전학(초등학교 4학년), 축구
                 시작

1992년   14세 • 차범근축구상(1991), 포항제철중학교 입학

1995년   17세 • 포항제철고등학교 입학

1996년   18세 • 시·도대항 중·고축구대회 MVP
               • 대구 MBC 전국고교축구대회 득점왕

1997년   19세 • KBS배 춘계고등학교축구연맹전 우승, MVP
                 득점왕

1998년   20세 • 포항 스틸러스 입단, 아시안 클럽 챔피언십 우승
               • 아시안 슈퍼컵 준우승
               • K리그 신인왕, 올스타전 MVP, 키카특별상
               • A매치 데뷔(5월 16일, 친선경기: 자메이카전)
               • 프랑스 월드컵 대표팀 최연소 출전(6월 20일, 조별
                 리그 2차전: 네덜란드전)
               • 아시아 청소년 축구선수권대회(U-19 챔피언십)
                 우승
               • 아시아 청소년 축구선수대회 득점왕
               • 방콕 아시안게임(성인) 대표팀

1999년   21세 • 올림픽대표: 던힐컵 출전
               • 세계청소년축구선수권대회(U-20) 평가전
               • 세계청소년축구선수권대회(U-20) 대표팀

- 올림픽 대표: 시드니 올림픽 아시아 예선
  - 해트트릭(5월 25일, 올림픽 1차 예선: 스리랑카전)
  - 해트트릭(5월 29일, 올림픽 1차 예선: 인도네시아전)
- 올림픽 대표: 한일 올림픽 대표 친선경기
- 올림픽 대표: 시드니 올림픽 아시아 최종예선

2000년 22세 * 올림픽 대표팀과 성인 대표팀 병행
- 올림픽 대표: 호주 4개국 친선대회
- 북중미 골드컵 대표팀
  - A매치 첫 득점(2월 17일, 골드컵: 코스타리카전)
- 한중정기전
- 시드니 올림픽 본선
- LG 컵
- 아시안컵 대표팀
  - 해트트릭(10월 19일, 아시안컵: 인도네시아전)
  - 아시안컵 득점왕, 베스트 11

2001년 23세 • 독일 분데스리가 진출, SV 베르더 브레멘 임대
- 포항 스틸러스 복귀, FA컵 준우승, 올스타전 MVP
- 컨페더레이션스컵 대표팀 명단 제외

2002년 24세 • 북중미 골드컵 대표팀
- 한일 월드컵 대표팀 명단 제외
- 부산 아시안게임 (U-23) 대표팀, 아시안게임 동메달
- FA컵 준우승

2003년 25세 • 광주 상무 입단(군 복무), 올스타전 MVP
- 해트트릭(5월 4일, K리그: 부산 아이파크전)

2004년 26세 • 아시안컵 대표팀 대회 득점 2위
- K리그 20-20 클럽
- KFA 올해의 골(12월 19일, 친선 경기: 독일전)

| 2005년 | 27세 | • 포항 스틸러스 복귀, A3 챔피언스컵 준우승 |

2005년 27세 • 포항 스틸러스 복귀, A3 챔피언스컵 준우승

2006년 28세 • 무릎 전방 십자인대 파열(4월 5일, K리그: 인천전)
              • 독일 월드컵 출전 좌절

2007년 29세 • 부상 복귀 후 잉글랜드 프리미어리그 진출
              • 미들즈브러 이적(한국인 네 번째 프리미어리거)
              • 아시안컵 대표팀

2008년 30세 • K리그 복귀, 성남 일화(성남FC) 이적

2009년 31세 • 전북 현대 이적, 첫 번째 K리그 우승
              • K리그 MVP, 득점왕, 베스트11, 팬타스틱 플레이
                어상
              • 해트트릭(5월 2일, K리그: 제주 유나이티드전)
              • 해트트릭(7월 4일, K리그: 광주 상무전)

2010년 32세 • 남아공 월드컵 대표팀
              • 동아시안컵 대표팀 동아시안컵 득점왕
              • K리그 30-30 클럽

2011년 33세 • 아시아 챔피언스리그 준우승
              • 아시아 챔피언스리그 득점왕, MVP
              • 두 번째 K리그 우승, K리그 MVP, 도움왕, 베스트
                11, 팬타스틱 플레이어상, K리그 40-40 클럽
              • K리그 개인 통산 100득점(역대 여섯 번째)
              • 해트트릭(8월 21일, K리그: 포항 스틸러스전)
              • 해트트릭(9월 27일, 챔피언스리그: 세레소 오사카전)

2012년 34세 • K리그 베스트11, 올스타전 MVP
              • 해트트릭(6월 24일, K리그: 경남FC전)

2012년 34세 • K리그 준우승, K리그 50-50 클럽

2013년 35세 • 전북 현대 주장 선임(2015년까지), FA컵 준우승

2014년 36세 • A매치 100경기 출장, FIFA 센추리클럽 가입
(9월 5일, 친선 경기: 베네수엘라전)
• 세 번째 K리그 우승, K리그 MVP, 베스트11, 팬타
스틱 플레이어상, K리그 60-60 클럽
• 전북 현대 소속 100호 골

2015년 37세 • 네 번째 K리그 우승
• K리그 MVP, 베스트11, 팬타스틱 플레이어상

2016년 38세 • 아시아 챔피언스리그 우승, 클럽 월드컵 출전, K
리그 준우승

2017년 39세 • 다섯 번째 K리그 우승, K리그 특별상, 베스트 포
토상
• K리그 개인 통산 200득점(역대 최초)
• K리그 70-70 클럽(역대 최초)

2018년 40세 • 여섯 번째 K리그 우승
• K리그 개인 통산 500경기 출전
• K리그 10시즌 연속 두 자릿수 득점(2009년부터)

2019년 41세 • 전북 현대 주장 선임(2020년까지), 일곱 번째 K리
그 우승
• 아시아 챔피언스리그 통산 득점 1위(37득점)
• 전북 현대 소속 200호 골

2020년 42세 • 여덟 번째 K리그 우승, 첫 번째 FA컵 우승
• K리그 특별상-공로상, 베스트 포토상
• 현역 은퇴